RURY

ETGAR KERET

RURY

przełożyła Agnieszka Maciejowska

wydawnictwo ab

Tytuł oryginału: צינורות

Published by arrangement with The Institute for The Translation
of Hebrew Literature

Wydanie III
Warszawa, MMXVI

Astma

Kiedy masz atak astmy, brak ci oddechu. Kiedy brak oddechu, trudno mówić. Twoje zdanie składa się z ilości powietrza, jaką możesz wypuścić z płuc. Nie ma tego dużo, jakieś trzy do sześciu słów. Nabierasz szacunku do słowa. Mijasz sterty słów, które przychodzą ci do głowy. Wybierasz najważniejsze. I one też cię kosztują. Nie tak jak ludzi zdrowych, którzy wypowiadają wszystkie słowa gromadzące im się w głowie jak śmiecie. Kiedy ktoś w czasie ataku mówi: „Kocham cię" czy „Strasznie cię kocham" - jest różnica. Różnica słowa. Słowo to wiele, bo tym słowem może być: „usiąść", „inhalator" albo nawet „karetka".

Dziś są urodziny

Autobus się zatrzymuje, kierowca uśmiecha się do ciebie, okna połyskują; fajnie i tanio. Z pojedynczych siedzeń po lewej stronie ostatnie jest wolne, jakby dla ciebie zarezerwowane, to, które najbardziej lubisz, z szybą za plecami. Autobus jedzie, światła na skrzyżowaniach mu się zielenią, a młody człowiek, który je orzeszki, łupiny zbiera do torebki.

Starszy konduktor nie żąda dzisiaj biletu, tylko dotyka daszka czapki i miłym głosem życzy pięknego dnia.

I naprawdę będzie piękny dzień. Bo dziś są urodziny. Jesteś mądra, ładna i życie przed tobą. Jeszcze cztery przystanki i pociągniesz za sznurek stopu, a kierowca się zatrzyma - specjalnie dla ciebie.

Wysiądziesz z autobusu, nikt się nie będzie na ciebie pchał, a drzwi się zamkną, jak już będziesz daleko. Autobus odjedzie, ludzie się do ciebie uśmiechną i młody człowiek, który jadł orzeszki, będzie ci machał ręką, dopóki nie zniknie, bez żadnego powodu czy pretekstu.

Kto potrzebuje powodu, dziś są urodziny, a w urodziny zdarzają się rzeczy przyjemne. Szczeniak, który teraz do ciebie biegnie, pomacha ogonem, kiedy do niego podejdziesz, nawet psy odróżniają świąteczne dni.

W waszym mieszkaniu ludzie będą czekać w ciemnościach, za pięknymi meblami, które sama wybrałaś.

Kiedy otworzysz drzwi, wyskoczą i będziesz zaskoczona. Dokładnie jak wymaga przyjęcie niespodzianka.

Będą tam wszyscy ludzie, których najbardziej lubiłaś, sami naj-najbliżsi i najważniejsi. I przyniosą prezenty, które kupili lub wymyślili. Prezenty z polotem, a też przedmioty pożyteczne.

Dowcipni będą rozśmieszać, mądrzy wzbogacać, nawet melancholijni naprawdę się uśmiechną. Jedzenie będzie wspaniałe, potem podadzą truskawki, a na przepłukanie koktajl mleczno-waniliowy z najlepszego miejsca w mieście.

Puszczą płytę Keitha Jarretta, a wszyscy będą słuchać, puszczą nagranie Satiego i nikt nie poczuje się smutny. Samotni poczują się tej nocy we wspólnocie i nikt nie spyta: „Ile cukru?", bo wszyscy się znają.

W końcu sobie pójdą, a ci, co chciałaś, pocałują cię, a tacy, co nie - uścisną ci rękę. I tylko on zostanie, mężczyzna, z którym żyjesz, przystojny i rozumiejący od zawsze.

Jeśli zechcesz, będziecie się kochać albo nasmaruje ci ciało olejkiem przygotowanym w sklepie według specjalnego przepisu. Jeśli tylko poprosisz, zapali lampkę halogenową i będziecie siedzieć w milczeniu, przytuleni, czekając na wschód słońca.

A w ten czarodziejski wieczór ja również tam będę, wypiję koktajl mleczny, naprawdę się uśmiechnę, spróbuję wspaniałego jedzenia. I zanim wyjdę, jeśli zechcesz - pocałuję cię, a może tylko tak, zwyczajnie, uścisnę ci rękę.

Syrena

Na Dzień Zagłady zabrali całą klasę do sali gimnastycznej. W sali urządzono taką jakby zaimprowizowaną scenę, a z tyłu przyklejono do ściany arkusze czarnego brystolu z nazwami obozów koncentracyjnych i rysunkami ogrodzeń z drutu kolczastego. Kiedy weszliśmy do sali, Siwan poprosiła mnie, żebym popilnował jej miejsca. Zająłem dla nas dwa. Siwan usiadła koło mnie, na ławkach było trochę ciasno. Oparłem łokieć o nogę i grzbiet mojej dłoni dotykał jej dżinsów. Dżins był taki cienki i przyjemny, że czułem się, zupełnie jakbym dotykał jej ciała.

– Gdzie jest Szaron? – zapytałem. – Nie widziałem go dzisiaj – głos lekko mi drżał.

– Szaron zdaje testy do komandosów płetwonurków – odpowiedziała Siwan z dumą. – Przeszedł już prawie wszystkie etapy, zostało mu jeszcze tylko jakieś jedno spotkanie.

Z daleka zobaczyłem w przejściu zbliżającego się do nas Gilada.

– Wiesz, że na rozdaniu świadectw ma dostać nagrodę dla wyróżniającego się ucznia? Dyrektor już zawiadomił.

– Siwan – powiedział Gilad, kiedy już do nas dotarł – co ty tu robisz? Te ławki są strasznie niewygodne. Chodź, zająłem ci miejsce z tyłu na krzesłach.

– Tak – uśmiechnęła się do mnie przepraszająco i wstała – rzeczywiście ciasno tu.

Poszła z Giladem do tyłu. Gilad był najlepszym przyjacielem Szarona, grali razem w siatkówkę w reprezentacji liceum. Spojrzałem na scenę i odetchnąłem głęboko, dłoń miałem jeszcze spoconą. Kilku dziewięcioklasistów weszło na scenę i rozpoczęła się akademia. Po zbiorowej recytacji zwyczajowych fragmentów wszedł na scenę jeden dość stary człowiek w bordowym swetrze i opowiedział o Auschwitz. To był ojciec któregoś z uczniów. Nie mówił dużo, około piętnastu minut. Potem wróciliśmy do klas. Kiedy wychodziliśmy na zewnątrz, zobaczyłem naszego woźnego Szulema, siedział i płakał na schodkach pokoju higienistek.

- Hej, Szulem, co się stało? - spytałem.

- Ten człowiek, na sali - powiedział Szulem - ja go znam, ja też byłem w sonderkommando.

- Pan był w komandosach? Kiedy? - zdumiałem się, nie mogłem sobie wyobrazić naszego chudego i małego Szulema w żadnej jednostce komandosów, ale kto wie, może?

Szulem wytarł sobie oczy dłońmi i wstał.

- Nieważne - powiedział - idź, idź do klasy. To naprawdę nieważne.

Po południu poszedłem do centrum handlowego. Na falafelu spotkałem Awiego i Curiego.

- Słyszałeś - powiedział Curi z ustami pełnymi falafela - Szaron przeszedł dzisiaj tę rozmowę, po zmobilizowaniu ma jeszcze tylko jedną małą szkółkę przetrwania i jest w płetwonurkach. Wiesz, co to jest być w płetwonurkach? Wybierają jednego na tysiąc...

Awi zaczął kląć, pękła mu pita od spodu i cała tahina z wodą z sałaty pociekła mu po rękach.

– Spotkaliśmy go teraz na boisku szkoły. Szaleli tam z Giladem, piwko i te rzeczy. – Curi ni to parsknął, ni to się zadławił i kawałki pomidora z pitą wypadły mu z ust. – Trzeba było ich widzieć, jakie numery robią na rowerze Szulema, jak małe dzieci. Szaron był taki zadowolony, że przeszedł przez to przesłuchanie. Mój brat powiedział, że najwięcej odpada właśnie na osobistej rozmowie.

Poszedłem na boisko, ale nikogo nie było. Rower Szulema, zawsze przypięty do balustrady przy pokoju higienistek – znikł, na schodach leżał rozerwany i rzucony łańcuch i kłódka firmy Jardeni. Rano, kiedy przyszedłem do szkoły, roweru jeszcze nie było. Poczekałem, aż wszyscy wejdą do klas, i wtedy poszedłem opowiedzieć dyrektorowi. Dyrektor powiedział, że zrobiłem to, co należało, i że nikt nie będzie wiedział o naszej rozmowie, a sekretarkę poprosił, żeby wypisała mi usprawiedliwienie za spóźnienie. Tego dnia nic się nie stało, następnego też nie, ale w czwartek przyszedł do klasy dyrektor z policjantem w mundurze i poprosił Szarona i Gilada, żeby wyszli.

Nic im się nie stało, dostali tylko ostrzeżenie. Roweru nie mogli oddać, bo go gdzieś po prostu rzucili, ale ojciec Szarona przyszedł specjalnie do szkoły z nowym sportowym rowerem dla Szulema. Szulem na początku nie chciał wziąć.

– Najzdrowiej jest chodzić piechotą – powiedział ojcu Szarona.

Ale ten się uparł i Szulem w końcu wziął. Śmiesznie wyglądał na sportowym rowerze, ale wiedziałem, że dyrektor miał rację i że naprawdę zrobiłem to, co należało. Nikt nie podejrzewał, że to ja powiedziałem, przynajmniej tak wtedy myślałem. Następne dni minęły jak zwykle, ale w poniedziałek, jak przyszedłem do szkoły, na podwórzu czekała na mnie Siwan.

- Posłuchaj, Eli - powiedziała - Szaron wykrył, że to ty doniosłeś o rowerze, musisz stąd zniknąć, zanim on i Gilad cię dopadną.

Starałem się ukryć strach, nie chciałem, żeby Siwan widziała, że się boję.

- Szybko, uciekaj - powiedziała.

Ruszyłem w stronę bramy.

- Nie, nie tędy. - Pociągnęła mnie za ramię. Dotknięcie jej ręki było chłodne i przyjemne. - Oni przyjdą od bramy, więc lepiej, żebyś wyszedł przez dziurę w płocie za barakami.

Cieszyłem się, że Siwan tak dba o mnie, bardziej nawet niż moja rodzina.

Za barakami czekał na mnie Szaron.

- Nawet o tym nie myśl - powiedział - nie masz szans.

Obróciłem się. Za mną stał Gilad.

- Zawsze wiedziałem, że jesteś cykor - ciągnął Szaron - ale nigdy nie myślałem, że donosiciel.

- Czemu doniosłeś na nas, gnoju jeden? - Gilad pchnął mnie z całej siły, poleciałem na Szarona, a ten mnie odepchnął.

- Powiem ci, dlaczego doniósł - odpowiedział mu Szaron. - Bo nasz Eli jest śmierdzącym zawistnikiem. Patrzy na mnie i widzi, że w szkole jestem lepszy od niego, że w sporcie jestem lepszy od niego i mam najładniejszą dziewczynę w szkole, podczas gdy on jest biednym prawiczkiem, i to go żre od środka. - Szaron zdjął swoją skórzaną marynarkę i podał ją Giladowi. - No to proszę, Eli, udało ci się, dowaliłeś mi - dorzucił, odpiął pasek od nurkowego zegarka i włożył go do kieszeni. - Mój ojciec myśli, że jestem złodziejem, prawie już założyli mi kartotekę na policji. Tytułu wyróżniającego się ucznia już nie dostanę. Teraz jesteś zadowolony?

Chciałem mu wyjaśnić, że to nie dlatego, że to z powodu Szulema, że on też był w jednostce komandosów, że płakał jak dziecko w Dzień Zagłady.

- To wcale nie to... - powiedziałem zamiast tego - ...nie trzeba było kraść roweru, to nie miało żadnego sensu. Jesteście bez honoru. - Drżał mi głos, kiedy mówiłem.

- Słyszysz, Gilad, ten płaczliwy kapuś wytłumaczy nam, co to jest honor. Honor to nie donosić na kolegów, gnojku. - Szaron zacisnął pięść. - A teraz nauczymy cię z Giladem, co to jest honor, i nie będzie to lekka nauka.

Chciałem się stamtąd ruszyć, uciec, podnieść ręce, żeby osłonić twarz, ale strach mnie zupełnie sparaliżował. Nagle skądś odezwała się syrena, zapomniałem zupełnie, że dzisiaj jest Dzień Pamięci. Szaron z Giladem wyprostowali się. Spojrzałem na nich sterczących jak manekiny w oknie wystawowym i cały strach nagle się ulotnił. Gilad, który stał wyprężony, z przymkniętymi oczami, trzymając w ręku marynarkę Szarona, wyglądał jak duży wieszak na ubrania. A Szaron, z morderczym wzrokiem i dłonią zwiniętą w pięść, wydał mi się nagle małym dzieckiem, co próbuje naśladować jakąś pozę obejrzaną kiedyś na filmie akcji. Podszedłem do wyrwy w płocie i wyszedłem przez nią powoli i bezszelestnie.

– Jeszcze ci przypierdolimy – usłyszałem za sobą Szarona syczącego cicho. Ale nie ruszył się nawet o milimetr.

Poszedłem dalej do domu, mijając po drodze ludzi zastygłych jak lalki, syrena osłaniała mnie niewidzialną tarczą.

Nie-ludzie

Dawidow, kierowca drużyny, był pierwszym, który go zauważył.

– O, proszę, idą kłopoty – powiedział i podniósł się z pustej skrzynki na narzędzia, na której siedział.

– Raptem oficer straży granicznej, Dawidow – splunął Stein, cały skupiony na planszy tryktraka.

– Wiesz, co to znaczy? – Dawidow dalej stał, nie spuszczając oczu z oficera w dziwnym oliwkowym mundurze.

– Nie, nie wiem – syknął Stein niecierpliwie. – Może byś tak już usiadł? Twoja kolej.

– To znaczy, że mają zamiar dokooptować do nich kogoś z naszych, oni to nazywają „wzmocnić kadry", nie pierwszy raz tak się dzieje.

– No to kogoś dokooptują, *big deal*, rzuć już te kostki, Dawidow.

– Dla ciebie to może nie jest *big deal*, ale dla niesz... – zaczął Dawidow.

– Naprawdę, Dawidow, jeśli nie rzucisz wreszcie tych pieprzonych kostek, pójdę teraz do dowódcy wojsk pancernych i poproszę, żeby to mnie wcielili. Może przynajmniej z nimi uda mi się skończyć rozgrywkę.

– Wiesz, Stein – Dawidow oderwał wzrok od oficera straży granicznej – czasem potrafisz być takim idiotą. Jeden dzień z nimi – wskazał oficera straży granicznej – jeden dzień i inaczej będziesz gadał. Ci pogranicznicy nie są jak cokolwiek, co dotąd znałeś, zeżrą cię żywcem.

A jeszcze takiego piździakowatego aszkenazyjczyka jak ty - prychnął do siebie Dawidow. - Trzeba cię będzie szpachlą zeskrobywać ze zderzaka ich jeepa.

- Widzę, że tej gry to my już dzisiaj nie skończymy. - Zdenerwowany Stein wstał od planszy tryktraka, tuż przed tym, jak przybiegł spocony Szacharabani i powiedział, że dowódca pancernych wzywa go na rozmowę.

- Te typy ze straży granicznej to inne wojsko, z zupełnie inną głową niż nasza. Agresywni, niezdyscyplinowani, pokręceni. - Dowódca poskrobał się piórem w ucho. - I właśnie dlatego muszę posłać kogoś, kto jest dobrym żołnierzem i nie zareaguje na ich prowokacje, a nie taką gorącą głowę jak Akerman czy Szacharabani, bo to się skończy przy odrobinie szczęścia w więzieniu, a przy braku - w szpitalu.

Stein spakował swoje rzeczy i wsiadł z oficerem do jeepa. Wolałby uniknąć tego komplementu. „Nic strasznego, to tylko tydzień", usiłował dodać sobie otuchy. Z daleka Deri zrobił do niego minę uczestnika-rodzinnej-żałoby.

- OK, co za kutas podpierdolił mi komandoski nóż? - zapytał owłosiony kurdupel, który krążył po namiocie kompletnie goły.

- Uspokój się, Zanzuri, wziąłem go tylko na chwilę, żeby pociąć taśmę izolacyjną. - Czarny i spocony żołnierz podał mu olbrzymi nóż z kompasem na trzonku.

Zanzuri szybko chwycił nóż i tym samym ruchem przyłożył ostrze do szyi czarnego.

- Szafik, Beduinie pieprzony! Jeszcze raz dotkniesz mi czegoś tymi spoconymi łapami, to nawlokę na ten nóż twoją czarną dupę, rozumiesz?

Oficer, który wszedł do namiotu, zignorował zajście.

– Twoje łóżko jest tam. – Wskazał kąt namiotu. – Jak mówiłeś, że się nazywasz?

– Stein, Szmulik Stein – wymamrotał Stein.

– Stein, twoje łóżko jest tam. – Jeszcze raz pokazał to samo łóżko. – Za dwie godziny wyjeżdżamy w teren, masz być gotów.

Kiedy brał udział w patrolach transporterów obrony przeciwlotniczej, zawsze były rozruchy. Nie mogli przejechać jednej ulicy, żeby nie poleciał na nich jakiś kamień, ale teraz, z jeepa straży granicznej, Gaza wyglądała jak miasto duchów. Byli w jeepie we czterech. Zanzuri prowadził i oprócz Steina był też ten czarny spocony i jeszcze jeden rudy. Rudy wyciągnął z kieszeni kurtki gumę do żucia, włożył do ust i wyrzucił papierek.

– Ty, Czerkies, kopsnij gumę – zażądał Zanzuri, podejrzawszy go w lusterku.

– Skończyła się. – Rudy wyszczerzył w uśmiechu wilgotne zęby.

– Kurwa jego mać – splunął flegmą w bok od jeepa – pierwszy Arab, którego dzisiaj dorwę, będzie biedny!

Wyprzedził ich drugi jeep, prowadził go chudy żołnierz z blizną, obok niego siedział oficer. Jakieś sto metrów przed nimi sunął ciężko po chodniku stary Arab. Stein zobaczył, jak ten z blizną skręca gwałtownie kierownicę, wjeżdża dwoma kołami na chodnik i uderza w starego. Ten przeleciał kilka metrów i padł na twarz, bez ruchu.

– Niemowa dzisiaj szaleje – parsknął Zanzuri. – Widziałeś, jak go wyrzucił w powietrze?

Stein nie zrozumiał, co dokładnie się stało, kręcił głową i widział ciało na chodniku, roześmianego Zanzuriego i Czerkiesa żującego gumę. Próbował połączyć cały ten obraz w jakąś logiczną rzeczywistość, ale mu się nie udało. Drugi jeep zatrzymał się na rogu jednej z uliczek, Zanzuri stanął zaraz za nim. Stein wyskoczył z jeepa, podbiegł szybko do niemowy i złapał go za koszulę.

- Przejechałeś go specjalnie, ty pojebie, przejechałeś specjalnie człowieka, który nic ci nie zrobił!

Czerkies objął Steina od tyłu żelaznym uchwytem i odciągnął od niemowy.

- On nie przejechał człowieka - sprostował Zanzuri - on przejechał Araba. Czego świrujesz jak jakiś psychol?

Stein poczuł na karku ciepły i odstręczający oddech Czerkiesa i wiedział, że jeśli otworzy usta, żeby odpowiedzieć, wybuchnie płaczem.

- Dach, tam - wskazał oficer, ignorując wszystko, co się stało - ktoś tam jest. Niech Zanzuri i Czerkies sprowadzą go tutaj.

Czerkies puścił Steina. Razem z Zanzurim zniknęli w bocznej uliczce kończącej się budynkiem, na którego dach wskazał oficer. Po dwóch minutach pojawili się znowu, ciągnąc ze sobą kogoś z rękami związanymi na plecach i ustami zaklejonymi szeroką taśmą izolacyjną.

- Zamknąłem mu gębę - powiedział Zanzuri. - Nie znoszę, jak oni zaczynają krzyczeć i lamentować.

Niemowa wydał z siebie pomruk aprobaty i pokiwał głową. Podszedł pochylony do wysokiego Araba, nagle się wyprostował i z byka zadał mu cios w twarz.

- Coś u niego znaleźliście? - zapytał oficer znudzonym głosem.

– To! – Zanzuri z dumą wyciągnął butelkę ciemnego piwa z zawiązanego wokół szyi wytartego talitu. – I były też kamienie.

Niemowa nie przestawał bić leżącego na ziemi Araba, który wydawał głuche stęknięcia.

– Dosyć! – zażądał Stein, idąc w jego kierunku.

Niemowa podniósł się od Araba, wyciągnął spod kurtki pałkę i wbił w Steina groźne spojrzenie.

– Po prawdzie, to już zaczynasz mi trochę działać na nerwy, Stein – powiedział obojętnie oficer, w kąciku ust zwisał mu papieros, a zgniecioną paczkę eskotów wetknął z powrotem do kieszeni przy pasku i szukał czegoś w kieszeni bojówek. Nie znalazłszy, mówił dalej: – Co ty jesteś, Stein, Czerwony Krzyż? To plugastwo jedną ma tylko myśl: zabić cię. To dla nich jedyny powód do życia. Wbij to sobie do głowy. Z zewnątrz wyglądają może jak my, ale to nie ludzie.

Skrępowane ciało kuliło się na ziemi, Stein spróbował podejść i pomóc mu. Niemowa zagrodził mu drogę.

– Widzę, że po prostu nie chwytasz – ciągnął oficer. – W porządku, jak to mówią, „Najlepiej się widzi na własne oczy". Czerkies, podnieś go. – Wskazał ruchem ręki. Czerkies podniósł Araba od tyłu i podtrzymywał, żeby się nie przewrócił, jego twarz była mieszaniną krwi i kurzu.

– Zanzuri, nóż. – Oficer podniósł rękę, w ustach nadal tkwił mu zgasły papieros.

Zanzuri wyciągnął z kurtki nóż i włożył go w oczekującą dłoń oficera. Ten obrzucił nóż krótkim spojrzeniem i postukał palcem o trzonek.

– Kompas jest zepsuty – ustalił.

- Tak, wiem - jęknął Zanzuri - to wszystko przez tego pieprzonego Beduina. - Pokazał na czarnego, którego przepocony mundur wydawał się ciemniejszy od mundurów pozostałych.

- Nie szkodzi - kontynuował oficer swoim spokojnym głosem, rozdarł koszulę Araba, aż guziki posypały się na ziemię, a oczom Steina ukazała się owłosiona pierś, podnosząca się i opadająca szybkim rytmem.

- Nie! - Stein zdołał zrobić jeden krok w stronę oficera.

Niemowa opuścił ciężką drewnianą pałę na jego kark i Stein padł na ziemię.

- Trzymaj go głową w dół - dobiegł go jeszcze rozkaz oficera.

- Nie Araba, durniu, tego mięczaka - usłyszał rechoczącego Czerkiesa.

Był teraz na kolanach, niemowa podtrzymywał go jedną ręką pod pachą, drugą ręką ciągnąc za skalp. W odległości trzech metrów od niego oficer przybliżał nóż do brzucha dygoczącego Araba, a on nie mógł nic zrobić. Oficer jednym szybkim cięciem rozpłatał brzuch na dwie części, a na ziemię posypały się z niego zwinięte flagi, ulotki, cukierki, monety.

- Nie dotykajcie cukierków, są zatrute - przypomniał oficer i oddał nóż Zanzuriemu.

Czerkies rozwinął jedną flagę, to była flaga OWP. Zanzuri i czarny napełnili sobie kieszenie bojówek monetami. Czerkies wyprostował Araba, który teraz, po wypatroszeniu, był płaski jak arkusz. Złożył go w osiem i umieścił na zapasowym kole jeepa.

- Ty, Czerkies, powiedz, co masz zamiar z nim zrobić? - zapytał Zanzuri.

- Pokrowiec na motorynkę, pelerynę, chuj wie. Na pewno do czegoś się to może przydać. - Czerkies wzruszył ramionami.

- Ci Czerkiesi to takie kutwy, że aż dziw - szepnął Zanzuri do czarnego, pobrzękując kieszeniami pełnymi monet.

Stein obudził się na łóżku w namiocie w ubraniu i butach, z piekielnym bólem karku; z trudem mógł poruszać szyją. Wszyscy teraz spali. W ciemności widniała fosforyzująca wskazówka kompasu na trzonku noża Zanzuriego. Wstał z łóżka po cichu, wyciągnął nóż z pochwy i poszedł w kierunku, jaki mu wytyczyła świecąca strzałka.

O wartości odżywczej snu

W środku nocy obudziłem się przestraszony wizją Hageszternecha zjadającego mój sen o tobie. Wyskoczyłem wściekły z łóżka i walnąłem go z całej siły w nos. Hageszternech poniechał resztek snu, ale ja nie odpuszczałem i tłukłem go dalej. Również wtedy, gdy wczołgał się pod łóżko i stracił widzialny kształt, biłem w dalszym ciągu jego toporny cień. W końcu przestałem. Wykończony i spocony pozbierałem resztki snu. Nie zostawił dużo, tylko czarne treningowe spodenki, w które byłaś ubrana, twój niewymuszony uśmiech i pewne nasze zbliżenie, czy ja wiem jakie - może przytulenie. Hageszternech zjadł wszystko wokół do goła. Pozostałem rozpostarty na podłodze, w samych gatkach, pokryty potem, cichy i zrozpaczony. Godziny cierpliwego spania w oczekiwaniu na nadejście snu. A teraz - nic, gorzej niż nic, tylko osamotniona odrobina smaku w ustach, stopniała jak resztka cukrowej waty na patyku. Spod łóżka dobiegł przytłumiony płacz. To był Hageszternech. Początkowo myślałem, że płacze z bólu - przecież cień oberwał ode mnie straszliwe ciosy, ale we wznoszonym lamencie nie było ani kropli bólu. Spróbowałem łez Hageszternecha cieknących po podłodze pokoju, ich smak na języku był słodki - Hageszternech płakał szczęśliwy, a jego łzy opowiadały mi o wspaniałym smaku snu wprawiającym w drżenie każdy skrawek nieistniejącego ciała. Jego szloch odkrywał przede mną te długie noce, kiedy czekał czczy pod łóżkiem, żywiąc się skrawkami moich snów. Sny nudy i apatii, budzące obrzydzenie, przeżuwane powoli z braku wyboru, sny bólu, opuszczenia i strachu, które próbował wykończyć do ostatka, by uszanować mój nocny wypoczynek, a które tak często boleśnie więzły mu w gardle. Każdej nocy Hageszternech połykał całe godziny obojętności i cierpienia, pozostawiając moje spanie gładkim i ciemnym, a tej nocy doczekał się wreszcie zapłaty, zaspokoił swój raniący głód i na jakiś czas zaznał alternatywy dla pustki. Jego ciało poznało coś więcej niż nic. Świt już prawie nadszedł, a utkana z cienia dłoń mojego współtowarzysza wyślizgnęła się spod łóżka, wskazując na środek pokoju, na kawałki snu, co mi się ostały: trening, uśmiech, zbliżenie upojne, jakiego dotąd nie zaznałem; wyblakłe palce cienia jakby mówiły: „Proszę, przyjacielu, zostawiłem tego dobrego i dla ciebie”.

Kochi

Tak łatwo było sprowokować go, żeby zaczął mówić. A kiedy zaczął, nie dawał się uciszyć. Ciągle trwała strzelanina i zacząłem już wierzyć, że terroryści próbują nas trafić nie dla jakiegoś mglistego politycznego interesu, ale że to żądza zamknięcia mu gęby tak ich nakręca. Kochi opowiadał nam, że Syryjczycy uczą terrorystów strzelać w kierunku anten naszych radiostacji wojskowych, bo blisko nich zawsze są oficerowie. Zaklinał się na życie swego dziadka (umarł w czterdziestym drugim w Gdańsku), że był kiedyś rodzaj zajęcy z ogonami wyglądającymi dokładnie jak anteny, który nieodpowiedzialna technika prowadzenia wojny przez organizacje terrorystyczne doprowadziła do zagłady.

– A w ogóle to czytałem o tym w encyklopedii – spieszył dorzucić Kochi, żeby usunąć z naszych dusz wszelkie wątpliwości.

Strzelanina nie ustawała ani na chwilę. Cyjon leżał w kącie, zakrywając uszy rękami.

– Ja myślę, że on słucha walkmana w czasie walki, szefie, i też koszula wyszła mu ze spodni. Można mu za to walnąć raport, szefie – powiedział Kochi poważnym głosem.

– Cicho siedź, Kochi, próbuję myśleć.

– Szefie, mam świetny pomysł na podniesienie morale jednostki... – Kochi zignorował moją prośbę.

– Cisza, odrobinę ciszy – błagał Cyjon, nie wiadomo, czy Kochiego, czy terrorystów.

– ...zagrajmy w naśladowanie, kto z kolegów chce zacząć? – ciągnął Kochi swoim dydaktycznym tonem.

Meir z Buchary, który stracił mnóstwo krwi, zaczął się trząść, a my nie mieliśmy nawet apteczki pierwszej pomocy.

– Blender, Buchara udaje blender – Kochi zaczął krzyczeć histerycznie.

Cyjon wyskoczył na Kochiego ze swojego kąta i dał mu w twarz.

– Nie dość, że utknęliśmy w rejonie wroga bez łączności i sanitariuszy, a Meir kona nam na rękach, to mamy jeszcze słuchać twojego pierdolenia i chorych bredni o wykastrowanych zającach...

– Brednie, powiedziałeś, że bredzę? – wyszeptał Kochi obrażonym głosem. – To żebyś miał jasność, Cyjon, że mogłem wszystkich was uratować, ciebie, Zohara i Blendera. Ale z tego tylko powodu... – zamachał mu oskarżycielsko palcem przed nosem – ...z tego tylko powodu dam wam umrzeć.

Na zewnątrz dalej strzelali i zacząłem się zastanawiać, dlaczego terroryści nie zbliżają się do budynku i nie rzucają jakimś granatem, już od dwudziestu minut nie wystrzeliliśmy ani jednej kuli. Cyjon jakby słyszał moje myśli, zmienił magazynek, przestawił go na ogień pojedynczy i strzelił Kochiemu między oczy.

– Cyjon, zwariowałeś? Zabiłeś go – zawyłem z przerażeniem.

– Patrz, psycholu, co zrobiłeś – wrzasnął też Kochi, najwyraźniej gotów umrzeć, ale gębę zamknąć – w żadnym wypadku.

Wpatrywałem się w zalaną krwią twarz Kochiego.

- To jak zły sen - wyszeptałem.

- To jak zły sen - przedrzeźniał Kochi mój głos. - A co, myślałeś, że obudzisz się na poligonie i odkryjesz, żeś się zeszczał do śpiwora? Skurwysyn zabił mnie.

Co do tego nie było dyskusji. Kula roztrzaskała mu czaszkę i dla wszystkich było jasne, że żadne ludzkie stworzenie nie może przeżyć z taką raną.

- Czekaj, czekaj, ty śmieciu, mój wuj jest podpułkownikiem prokuratury wojskowej, jeszcze zobaczę wywiad z twoją matką w „Dzienniku Wieczornym", kiedy załapiesz się na dożywocie - szlochał Kochi zwinięty w kącie, aż wreszcie zaczął zachowywać się jak nieżywy.

Wiedziałem, że musimy się poddać. Wyszedłem na zewnątrz, machając białym podkoszulkiem ozdobionym plamami krwi, zdjętym z ciągle dygoczącego Meira. Cyjon wyszedł za mną, zgięty jakiś, z mętnym spojrzeniem.

Z początku nikogo nie widziałem, tylko za jedną z wydm antenę ich radiostacji wojskowej. Ale po sekundzie odkryłem, że to nie r. w. Zza górki piasku wyszedł zając z ogonem podobnym do anteny i dymiącym kałasznikowem w ręku.

- Chłopaki, obsuwa, to Izraelczycy! - krzyknął.

Trzy inne zające wyłoniły się zza wydmy, wskoczyły na jeepa i odjechały.

- Nie wierzę, gadający zając - wyszeptał Cyjon.

Wróciliśmy do budynku. Cyjon potrząsnął delikatnie Kochim.

– Kochi, strasznie mi przykro za te brednie, co ci zarzuciłem, są naprawdę takie zające, i jeszcze za to, że cię zabiłem.

– Nie ma sprawy – powiedział Kochi – wszyscy byliśmy zdenerwowani.

Meir dalej się trząsł.

Terminal

Hans i ja nie mieliśmy ze sobą nic wspólnego, poza tym, że obaj chorowaliśmy na raka mózgu. On był zasuszonym starcem mówiącym łamaną hebrajszczyzną, a ja grubym wyrośniętym sabrą dobiegającym czterdziestki. Mimo to, a też na przekór temu, że dzieliliśmy pokój przez niecały miesiąc, uchodziliśmy za starych przyjaciół. „To dlatego, że ty i ja, każdy jest chory na terminal" - tłumaczył Hans. Lubiłem jego koślawy hebrajski, zwłaszcza kiedy nazywał mnie „chory terminal", jakbym czekał na jakimś hałaśliwym lotnisku, z którego zaraz wystartuję do zupełnie innego miejsca.

Graliśmy w szachy. Hans grał kiedyś w szachy w eliminacjach uniwersyteckich w Moguncji i nawet wygrał mistrzostwo uniwersytetu w 1935 roku.

- Ale teraz przez *kantzer* w głowie zostałem, jak się mówi, *idiotisch.*

A ja? Ja byłem idiotą i przedtem. Czasem Hans zapominał zagrać, kiedy była jego kolej, i tak sobie siedział zapatrzony w przestrzeń, dopóki go nie zbudziłem.

- *Pardon* - przepraszał i szybko robił swój ruch.

Ja też cierpiałem na takie „blackouty" w trakcie gry, czasem zapominałem nawet, jak ruszają się figury, zwłaszcza koń, a Hans przypominał mi z właściwą mu cierpliwością.

Doktor Arad utrzymuje, że przy zaawansowanych stadiach guza mózgu zjawisko zapominania jest zupełnie naturalne, co z pewnością powinno mnie uspokoić. Zawsze się mówi, że *jeke*[*] jest oschły, ale przynajmniej jeśli chodzi o Hansa, nie było to słuszne. Ten człowiek był po prostu poetą. Kiedyś opowiedział mi o Bergen--Belsen:

- To był dzień, że zabrali Annę i małego Karla. Ja po prostu nie wiedzieć, co stać się za chwilę. Kiedy Anna i ja byliśmy w Moguncji, zawsze wiedziałem, co się stać. Patrzyłem na zegarek i wiedziałem: za pięć chwil przyjedzie tramwaj, za czterdzieści chwil uścisnę Annę, rozśmieszę małego Karla, wszystko być uporządkowane. I nagle ja na łóżku, sam, nie wiem nic, co będzie. Chcę umrzeć sam siebie, tylko żeby być czegoś pewnym.

Hans zamiera na chwilę, patrzy w ścianę naprzeciw, przez moment myślałem, że to znowu atak choroby, że zapomniał, o czym mówił.

- I wtedy go zobaczyć - ciągnął - na ścianie, *mein Schatten*, jak się mówi, ech... cień. I ja spojrzeć na niego i wiedzieć, że cień zawsze być ze mną. Że ja zawsze wiedzieć, co zrobi, i jego nawet Niemcy nie mogą zabrać.

Hans podniósł rękę i przyglądał się z uwagą wielkiemu cieniowi na ścianie, który zrobił ten sam ruch, spojrzał na mnie i uśmiechnął się.

- *Zauber* - szepnął.

Stan Hansa był gorszy od mojego i kiedy trzeba było, opróżniałem jego kaczkę.

- *Pardon* - sumitował się zawsze, jakby był winien swojej choroby. Co prawda opróżnianie kaczki było obowiązkiem sanitariusza Aszera, ale skurwysyn wołał

---

[*] Żyd niemiecki.

wpadać tylko raz na dzień i przy tej samej okazji od razu zmienić pościel. Zawsze kiedy ten gnojek przychodził w końcu na oddział, syczałem jakieś przekleństwo, a Hans akurat go bronił.

- Nie złość się, Cwi, on jest *junger Mensch*, on ma jeszcze dużo życia, a my już na końcu.

Raz zapytał mnie Hans, co oznacza imię Cwi. Nie wiedziałem, jak mu wytłumaczyć. W końcu pokazałem mu obrazek jelenia z Poczty Izraelskiej wydrukowanego na jednym z listów, jakie dostałem.

- Aa, *Hirsch*, ładne zwierzę, ale nie ma teraz dużo, to zwierzę prawie *extinct*.

Powiedziałem, że chorzy na raka mózgu, którzy grają w szachy, też są zwierzęciem prawie *extinct*, a on wpatrzył się znów w obrazek jelenia na kopercie, aż po jego twarzy przemknął delikatny uśmiech.

Dziwne, cały czas, kiedy byliśmy razem, miałem świadomość śmierci, że może przyjść i zabrać mnie już za chwilę. Ani razu nie pomyślałem, że ta sama śmierć może odwiedzić także Hansa. Nie przeszła mi przez resztkę mózgu myśl, że człowiek, który tak śmiesznie mówi, mógłby umrzeć. Kiedy to się stało, byłem kompletnie spokojny. Nie płakałem, nie krzyczałem, nic. Przyszedł Aszer.

- Jak się nazywał ten stary, co umarł? - zapytał. - Doktor Arad potrzebuje tego do aktu zgonu, a siostry znowu zgubiły papiery i nikt nie pamięta, jak się nazywał. Myślę, że to było Hindeshaim, Hindesschtraim, coś w tym rodzaju.

Przypomniałem sobie, co Hans mówił o cieniu, popatrzyłem na ścianę i podniosłem w górę prawą rękę, jak Hans. Zdradziecki cień zbuntował się przeciwko mnie, swoją ręką wolał sięgnąć do gardła innego cienia. Nawet na nim nie mogłem polegać. Aszer zarzęził i krzyknął. Usłyszałem głosy innych ludzi. Nadal wpatrywałem się w krnąbrny cień. Moja prawa ręka jeszcze pomachuje w powietrzu. Chciałem umrzeć siebie samego. Moje wargi wypowiedziały słowo, którego znaczenia nie znałem.

– *Zauber* – szepnąłem i ja.

Bestia tryktraka

Dla Uziego,
największego aszkenazyjskiego gracza
tryktraka wszech czasów

- Dubel! - rozdarła się bestia tryktraka jak ranne zwierzę głosem skrywającym groźbę i prośbę o litość. - Dubel! - zawołała ponownie.

Przechodnie zatrzymali się w miejscu, a głowy ciekawych sąsiadów ukazały się w oknach. Cała ulica zamarła. Słychać było tylko stukot kostek.

- Dubel - powtórzyła bestia tryktraka po raz trzeci, tym razem szeptem, dotknęła zaciśniętą ręką jarmułki na głowie i z absolutną koncentracją rzuciła kostkami o krawędź planszy, jak gdyby mierząc do niewidzialnego celu. Jeszcze zanim kostki znieruchomiały, Lior wiedział, że przegrał.

- Cztery-cztery - wycedziła bestia - jesteś mi winien wafla. - Wstała od stołu i podeszła ułożyć pomidory.

- Wcale nie jestem zadowolona, że nasz Lioruś trwoni kieszonkowe na hazard - skarżyła się matka Liora - nic by się nie stało, gdyby poszedł na jakieś studia. Janiw Sary gra na melodyce, syn Sztajnów studiuje informatykę i tylko mój syn musi spędzać popołudnia na prymitywnych grach ze sprzedawcą z warzywniaka, kryminał...

- Przesadzasz, Ziwa, Dawid jest człowiekiem religijnym, z pewnością nie przestępcą, i nie widzę nic złego w tym, że trochę pograją... - ojciec Liora usiłował przerwać strumień jej słów.

- Nie przestępcą? Nie przestępcą? Zabrać małemu, naiwnemu chłopcu ostatnie grosze, a blizna, którą ma na pół twarzy, myślisz, że skąd ona, od golenia?

- Ziwa, naprawdę, mowa o koleżeńskiej i przyzwoitej grze. Na litość boską, nie trać proporcji, w końcu chodzi tu o wafle.

- Jeśli to takie przyzwoite, to jak to się dzieje, że nasz Lioruś nigdy nie wygrywa... i zawsze przegrywa.

Ten dzień wyglądał dla wszystkich jak zwykły dzień. Słońce świeci, trochę wiaterku, nic wyjątkowego, ale Lior wiedział, że to dzień szczególny. Ten dzień nie wydawał się obiecywać więcej niż inne dni, wiadomo - we wtorek Pan Bóg powiedział dwa razy, że to dobre, *big deal*. Ale kostki w ręku szeptały mu cały czas sześć-sześć, a figury układały się na planszy jak na zamówienie. Jakaś pani weszła do sklepu i poprosiła o ogórki.

- Nie ma ogórków - zdecydowanie orzekła bestia tryktraka - zamknięte.

- Ale tu jest mnóstwo ogórków i dopiero piąta...

- Proszę pani - wrzasnęła bestia, a żyła pośrodku jej spoconego czoła groziła pęknięciem - gramy teraz. Zamknięte.

- Mój syn ma dzisiaj wrócić z obozu harcerskiego, a on tak lubi zupę ogórkową, szczególnie w ten upał... - próbowała zmienić taktykę.

- Zamknięte! - powtórzyła bestia ze wzrokiem skupionym na planszy, lewą ręką gładząc bezwiednie trzonek noża do krojenia arbuzów.

– Ma pan rację, panie Dawidzie – zgodziła się kobieta – nic mu się nie stanie, jak zje sznycel. Dzieci dzisiaj są zbyt rozpieszczone.

Wyszła, a toczące się kostki dalej zachowywały się zgodnie z życzeniem Liora i nowy zapach objawił się w sklepowym powietrzu, unosząc się ponad woń cebuli i kalarepy, zapach zwycięstwa.

– Dubel! – krzyknął głośno Lior swoim cieniutkim głosem, wymachując podrygującymi rękami przed posępną twarzą bestii. – Dubel! – wrzasnął ponownie w stronę posłusznych kostek. Kostki kręciły się przez chwilę wokół własnej osi, jakby rozważając pokusę buntu, ale w końcu opamiętały się i zatrzymały.

– Pięć-pięć. Tryktrak – wycedził Lior – jesteś mi winny trzy wafle. – I wstał, żeby ugryźć śliwkę.

– Popilnuj mi sklepu przez chwilę – poprosiła bestia i wyszła pochylona, z opuszczonymi ramionami, a kiedy wróciła, z dwoma Orzechowymi i jednym Wielosmakowym, była zwykłym Dawidem.

– Trafił się tu dzisiaj wielki fuks, no a nie zawsze ci idzie – próbował Dawid. Ale żadne sztuczki z żyłą na czole albo szczęściem w jarmułce nie pomogły. Bestia tryktraka zniknęła na zawsze.

Szuni

Spotkał ich po raz pierwszy tej nocy, kiedy porzuciła go Michal. Prosił, żeby została, żeby spróbowali o tym porozmawiać, ale tylko pakowała do dużej torby swoje rzeczy i nie powiedziała ani słowa.

– Chciałam o tym rozmawiać – rzuciła, stojąc już w drzwiach – chciałam rozmawiać o wielu sprawach. Ale nie ma z kim. Jesteś niepoważny, Meir. Po prostu niepoważny.

Dopił butelkę goldstara, pochylił się do przodu, głowę oparł na stole i usiłował zasnąć. Nagle łzy napłynęły mu do oczu i zaczął cicho płakać.

– Powiedz no, zwariowałeś? – usłyszał gdzieś blisko ochrypły głos. – Płaczesz z powodu dziewczyny? I to jeszcze takiej suki? Lepiej, że sobie poszła.

Meir ciągle płakał, nawet nie miał siły głowy podnieść.

– No naprawdę, przestań już. Jedno twoje słowo, a Szuni zorganizuje ci ze trzy szwedzkie karliczki wolontariuszki, co będą w kolejce stały, żeby ci obciągnąć.

A potem jeszcze jeden głos:

– Ożeż ty, Zafrani, nie rób ściemy.

Meirowi udało się podnieść głowę i zobaczył, że przed nim na stole stoi dwóch krasnoludków w czapeczkach z pomponami, wojskowych spodniach i wysokich butach, a dwaj inni drzemią rozwaleni na leżącej na stole paczce noblesów.

– Głowa do góry, bracie, głowa do góry – zwrócił się do niego ten z ochrypłym głosem, w uchu miał kolczyk.

- Kto ty jesteś? - zapytał Meir.

- Kto ja jestem? Słyszałeś, Szuni, on pyta, kto ja jestem! - powiedział chrypiący obrażonym tonem. Wyciągnął z kieszeni bojówek paczkę lilipucich papierosów, wytrząsnął jednego i przypalił miniaturową benzynową zapalniczką. - Powiedz mu, kto ja jestem - rozkazał drugiemu.

- Co? To Zafrani - odpowiedział tamten, wyglądał na zaskoczonego pytaniem - sekretarz drużyny.

- Aha - mruknął Meir - przepraszam, wyleciało mi z głowy.

Kiedyś bez mrugnięcia okiem mogłem wypić nawet pięć piw - pomyślał, a teraz jedno piwo i uff!

- A ja jestem Szuni - na wszelki wypadek sam się jeszcze przedstawił. - Pracuję w ekonomii. A to After, a to Zalzman - wskazał na dwóch śpiących. - Mały wist?

- Pewnie - odparł Meir i pokręcił głową w prawo i w lewo - pewnie.

Zafrani obudził jednego ze śpiących krasnoludków, a Szuni rozdał karty. Zafrani usiadł na zippo Meira, Szuni na brzegu paczki noblesów, a Zalzman po turecku na stole między nimi i przysypiał co parę minut. Meirowi trudno było utrzymać maciupeńkie karty, a jeszcze trudniej odczytać, co na nich widnieje.

Zobacz, co mi zrobiłaś, Michal - myślał sobie, grając w wista z krasnoludkami - kompletnego czuba ze mnie zrobiłaś.

- Jeszcze o niej myślisz - powiedział Szuni, kiedy Meir nie zauważył swojej kolejki - nie jesteś skoncentrowany na grze.

- Dziewczyny to trucizna - mamrotał Zafrani zaniepokojonym głosem. - Trzeba je wypierdolić pod jakimś grzybem, a potem od razu wykopać k'jebionoj matieri. A jak pozwolisz im zostać za długo, zatrują ci duszę.

O piątej rano krasnoludki poszły do domu.

– Wrócimy jutro – obiecały.

Meir zasnął od razu, jak tylko poszły, obudził się o siódmej wieczorem i uprzytomnił sobie, że przegapił dzień pracy.

Teraz jeszcze mnie wyrzucą – pomyślał – jak mogłaś mnie rzucić, Michal, jak?

Wyjął piwo z lodówki i przyssał się do niego w rozpaczy.

– Siema, ziom – Meir ponownie usłyszał głosy – zobacz, co przynieśliśmy.

Meir był już po trzech piwach i z trudem udało mu się otworzyć oczy. Szuni i Zafrani kroczyli w jego stronę, uśmiechnięci od ucha do ucha, każdy trzymał w rękach skrzynkę wielkości pudełka zapałek, a w skrzynkach prześwitywały maleńkie buteleczki.

– Ruchi, ruchi – powiedział Zafrani – rzuć browarek do lodówki.

Meir ostrożnie podniósł pudełka i tak samo ostrożnie wstawił je do lodówki. Pograli trochę w karty, tym razem w pokera. Potem wypili parę piw i Szuni opowiedział śmieszną historię o tym, jak w wojsku zrobili w jajo jednego kota z drużyny Młodych Machabeuszy.

– Jutro też przyjdźcie – poprosił Meir.

– Pewnie, że przyjdziemy, pewnie – powiedział Zafrani i wskazał na maciupeńką zapalniczkę leżącą na rogu stołu koło Meira. – Przecież jutro muszę ją odegrać.

Przyszli nazajutrz i następnej nocy też, i opowiadali sobie rozmaite numery. Raz uwięzili Zalzmana na dwie godziny w paczce noblesów i cały czas wołali do niego z zewnątrz, żeby nie wychodził, bo jest atak abc. Na urodziny przynieśli Meirowi koszulę z nazwą ich drużyny i obrazek z dwiema pierdolącymi się mrówkami, a na Dzień Niepodległości Meir zrobił im niespodziankę i naprawił ich dwukasetowy magnetofon, zepsuty od czasu, kiedy After zrzucił go ze stołu.

Któregoś wieczoru zadzwoniła Michal i powiedziała, że przyjdzie, bo musi z nim porozmawiać.

- Strasznie się stęskniłam - wyszeptała, kiedy otworzył drzwi. - Nie chcesz się żenić, to nie trzeba, niech będzie, jak ty chcesz. Najważniejsze, żebyśmy byli razem.

Poszli do łóżka. Kiedy wstał, Michal czekała na niego w kuchni ze śniadaniem. Wszystko było wspaniale, do chwili kiedy otworzył lodówkę, żeby wyjąć mleko do kawy i zdumiał się, widząc, że skrzynki z piwem krasnoludków zniknęły z półki. Pewnie zobaczyli Michal i się zmyli - pomyślał ze smutkiem. - Skoro zabrali piwa, z pewnością już się więcej nie pokażą.

Wrócił do stołu przygnębiony i pił kawę małymi smutnymi łyczkami.

- Ach, tak - powiedziała Michal, kiedy już skończyli myć i wycierać naczynia - te pudełka zapałek, w których trzymałeś krople do oczu, spadły z półki, jak wyjmowałam masło, i szkło się potłukło, więc je wyrzuciłam do śmieci.

- Co, piwa?! - Meir skoczył na równe nogi.

- Nie, nie piwa, głuptasie, te buteleczki, które trzymałeś w...

- Chcesz powiedzieć, że potłukłaś wszystkie cztery skrzynki - przerwał jej Meir wzburzony.

– Jesteś stuknięty w głowę, Meir – krzyknęła Michal i rzuciła na zlew ściereczkę, którą wycierała naczynia – po prostu stuknięty.

– ...wszystkie cztery skrzynki – powiedział Zafrani i objął z rozpaczą swoją czapeczkę.

– Cholernie drogo nam wyszło to pierdolenie – mruczał After złamanym głosem. – Mam nadzieję, że było tego warte.

– Niech pójdą k'jebionoj matieri wszystkie piwa, najważniejsze, że ona sobie poszła – powiedział Szuni i pokazał pozostałej czwórce małe zawiniątko w srebrnej folii, które wyciągnął z kieszeni bojówek. – Mam tutaj coś, dobrego to mało powiedziane.

Krasnoludki i Meir wznieśli okrzyk aprobaty.

– Naprawdę dobrze, że poszła – powiedział do niego Zafrani, podczas kiedy Szuni przygotowywał zawartość zawiniątka. – Dziewczyny to trucizna.

Hubeza

Jest takie miejsce, co nazywa się Hubeza, niedaleko Tel Awiwu. Mówiono mi, że ludzie w tej Hubezie ubierają się na czarno i że są zawsze, ale to zawsze szczęśliwi.

– Nie wierzę w te wszystkie bzdury – powiedział mój najlepszy przyjaciel, a właściwie to chciał powiedzieć, że nie wierzy, że są ludzie szczęśliwi.

Wielu ludzi nie wierzy. Wsiadłem więc do autobusu, co jedzie do Hubezy, i całą drogę słuchałem z mojego walkmana pieśni wojennych. Ludzie w Hubezie w ogóle nie giną na wojnach. W Hubezie ludzie nie idą do wojska. Wysiadłem z autobusu na głównym placu. Ludzie z Hubezy przyjęli mnie bardzo miło. Z bliska łatwo mi było dostrzec, że są naprawdę szczęśliwi. Dużo tańczą w tej Hubezie i czytają grube książki, i ja tam z nimi w Hubezie tańczyłem, i grube książki też czytałem. I nosiłem tam w Hubezie te ubrania, i spałem w ich łóżkach. I jadłem ich jedzenie, i całowałem buzie ich niemowląt. Przez całe trzy tygodnie. Ale szczęście to nie jest rzecz zaraźliwa.

Za jedyne 19,99 szekli
(razem z VAT-em i kosztami wysyłki)

Nachum natknął się na ogłoszenie zupełnym przypadkiem, gdzieś między dziennym horoskopem a reklamą sex-shopów. „Zastanawiałeś się kiedyś nad sensem życia?", pytało ogłoszenie. „Dlaczego tu w ogóle jesteśmy?", i spieszyło z odpowiedzią: „Wyjaśnienie tego dręczącego problemu jest w zasięgu ręki, w niewielkiej, acz wspaniałej książeczce, która wyłuszczy ci żywym i klarownym językiem powody twojego istnienia na tej ziemi. Wydrukowaną na eleganckim papierze książkę, z zachwycającymi, pomagającymi w zrozumieniu kolorowymi zdjęciami i pięknie zapakowaną możemy ci wysłać do domu za jedyne 19,99 szekli!".

Była tam również fotografia człowieka w okularach, ze szczęśliwym uśmiechem na twarzy, pogrążonego w lekturze książeczki, a nad jego głową napis grubymi literami: „Książka, która zmieni twoje życie!". Fotografia z ogłoszenia zrobiła na Nachumie duże wrażenie, człowiek na niej wyglądał na bardzo szczęśliwego, Nachum oczarowany był także szerokością jego barów, przypominał mu jakoś roześmianego mięśniaka z ogłoszenia: „Ciało Herkulesa przy inwestycji trzydziestu minut dziennie, dzięki nowej wersji za jedyne 29,99 szekli! (razem z VAT-em i kosztami wysyłki)". I pomyśleć, że tutaj proponowano mu sens życia i w dodatku o dziesięć szekli mniej!

Nachum nakleił znaczek trzęsącymi się rękami, wiedział, że najbliższe dni będą dłuższe niż zwykle. Sens życia był problemem, który stale go nurtował, i chociaż jego życie było miłe i szczęśliwe w sposób możliwy do zaakceptowania, podejrzewał zawsze, że czegoś w nim brak. Ale teraz, w ciągu kilku dni, jego świat stanie się pełnią. Kiedy spróbował podzielić się z ojcem kipiącą w nim radosną ciekawością, napotkał trudności.

- Idiota. Jesteś po prostu idiotą. Za każdym razem, kiedy jakiś oszust chce zarobić parę groszy, wystarczy, że da ogłoszenie, i od razu mój niedorozwinięty syn wyśle mu pocztą pieniądze.

- Ale tato, oni nie są oszustami - Nachum próbował wyprowadzić ojca z błędu. - Napisali nawet w ogłoszeniu, że jeśli nie będę zadowolony, mogę w ciągu czternastu dni odesłać im książkę i pieniądze zostaną zwrócone, po potrąceniu kosztów wysyłki, oczywiście.

Ojciec Nachuma parsknął niepohamowanym śmiechem, wyraz zdenerwowania na jego twarzy zaczął ustępować miejsca jakiemuś innemu, jakby szaleństwa. Położył rękę na ramieniu Nachuma.

- Wiesz co? - powiedział konspiracyjnym szeptem. - Chodź, nabierzemy ich. Przeczytamy razem tę książkę i kiedy już się nauczymy sensu życia, oddamy im ją i tak ich stukniemy, co ty na to?

Nachum nic nie powiedział, choć myślał, że to bardzo nieuczciwe, nie chciał ojca denerwować. Ale ręka na jego ramieniu zaczęła się zaciskać, wyglądało, że ojciec zdołał się zdenerwować samodzielnie.

- Ty imbecylu! - krzyczał. - Ja ci pokażę, co to jest sens życia, tumanie! - wrzeszczał, próbując równocześnie zzuć but.

– Zostaw dziecko – matka pospieszyła z odsieczą, próbując równocześnie ich rozdzielić.

– Dziecko?! – charczał z wściekłością ojciec Nachuma, machając groźnie kapciem. – W sierpniu skończy dwadzieścia osiem lat!

– No to może jest trochę naiwny – załkała. – No to co?

Także przyjaciele Nachuma uznali, że to zwykłe głupstwa, nawet Ronit, tak więc bez nikogo, kto dzieliłby z nim to poczucie niecierpliwego oczekiwania, niecierpliwie czekał sam. Awizo na paczkę przyszło po trzech dniach i Nachumowi udało się wyrwać je ojcu z rąk, gdy w trakcie jednego ze swoich stanów amoku próbował je połknąć. Kiedy paczkę miał już w ręku, nie starczyło mu cierpliwości, brązowy papier pakowy rozerwał pospiesznie jeszcze na poczcie, a książeczkę zaczął czytać już w drodze do domu. Tajemnica ludzkiego istnienia rozpościerała się przed nim, stając się jaśniejsza z każdą przeczytaną stroną. Cudowna książeczka napisana była językiem jasnym i prostym i Nachum rozumiał z niej wszystko przy pierwszym czytaniu (poza jednym fragmentem, gdzie posiłkował się zachwycającymi kolorowymi fotografiami, które naprawdę pomagały w zrozumieniu). A kiedy dotarł do domu, w którym mieszkał, po raz pierwszy w swoim życiu wiedział, dlaczego jest na tym wspaniałym świecie i dlaczego wszyscy na nim jesteśmy, a to poczucie napełniło go najwyższym szczęściem, acz szczęściem zmieszanym trochę ze smutkiem z powodu tych wszystkich lat, podczas których zmuszony był tkwić w ignorancji. Przynaglany pragnieniem oszczędzenia innym, na ile się da, bolesnych chwil niepewności,

Nachum gnał po schodach w górę, a sama myśl, że za kilka niedługich chwil podzieli się z rodzicami tajemnicą egzystencji, napełniła mu oczy łzami radości. Łzami, które w krótkim czasie zmieniły się w łzy rozpaczy. Ojciec wrzeszczał, że nie zamierza brać udziału w tej żałosnej farsie. A matka słuchała wprawdzie jego wyjaśnień, patrzyła na obrazki i potakująco kiwała głową, ale jej szklany wzrok i mechaniczne potakiwania zdradzały, że chce tylko Nachuma udobruchać, tymczasem jej myśli nie kierują się wcale ku książeczce.

Godziny, które nastąpiły po lekturze, upłynęły mu w smutku i frustracji. Wystarczyło przekartkować gazety, by przypomnieć sobie, jak dalece większości ludzi na ziemi obca jest kwestia jakości istnienia. Wojny, morderstwa, katastrofy ekologiczne, pospolite spadki na giełdzie, błędy spowodowane ignorancją i brakiem elementarnego zrozumienia dla jakości życia. Błędy, które można by było tak łatwo naprawić przy zwykłej gotowości do słuchania. Ale nikt nie był gotów, ani bliscy, ani przyjaciele, ani nawet Ronit. Rozpaczliwe poczucie beznadziejności zawładnęło całym ciałem Nachuma. Niespodziewanie wśród rozległej oferty niegwarantowanych pożyczek jego wzrok napotkał znajomą postać okularnika o szerokich ramionach, tyle że w obecnym ogłoszeniu rozmawiał ze starszym człowiekiem o poważnym wyrazie twarzy, wyglądającym, jakby słuchał uważnie. „Ludzie nie chcą cię wysłuchać? Znajomi i koledzy w pracy nic sobie nie robią z tego, co mówisz? Mamy rozwiązanie. Za 19,99 szekli wyślemy ci wspaniały poradnik, który nauczy cię, jak najbardziej niewrażliwego człowieka przekształcić w uważnego słuchacza".

Nachum nie posiadał się z radości. Akurat kiedy był u progu kapitulacji, wszystko się odwróciło. Czas oczekiwania na broszurkę upłynął w pełnym wzruszenia napięciu i po czterech niekończących się dniach nareszcie miał ją w rękach. Wstrzymując oddech, zapoznał się z nauką przedstawioną w poradniku, a po skończonej lekturze podszedł do ojca w poczuciu pełnego bezpieczeństwa, wiedział, że tym razem zostanie wysłuchany.

Sprawy ruszyły naprzód w tempie przyprawiającym o zawrót głowy. Nachum znał prawdę istnienia i wiedział, jak sprawić, by ludzie go słuchali. Sens życia przechodził z ust do ust, od jednego przyjaciela do drugiego. Trudno opisać radość Nachuma, gdy wpatrywał się w jaśniejący wzrok matki czy wsłuchiwał w pełne szczęścia okrzyki wszystkich przyjaciół, a zwłaszcza Ronit.

Nie wszystko jednak przebiegało tak spokojnie. Kilku ortodoksyjnych nastolatków, a wśród nich wnuk rabina z Ludwor, przybyło do domu Nachuma, prosząc, by sam im objaśnił sens życia. Nachum chętnie im to wytłumaczył, a potem przygotował sok malinowy. Podziękowali mu grzecznie i poszli swoją drogą. Nachum nie przywiązywał do tego wydarzenia szczególnej wagi. W tych dniach odwiedzało go wielu nieznajomych i w wizycie nastolatków nie znajdował nic nadzwyczajnego.

Ale kiedy nazajutrz tłumy ortodoksów przybyły pod jego dom i szczelnie wypełniły podwórze, śpiewając pieśni w rodzaju: „Gdy synowi Lilit pęknie czaszka, naród Izraela będzie pełen radości i wesela" oraz „Opracujcie plan, a będzie udaremniony*", Nachum zrozumiał, że

* Księga Izajasza 8,10, *Biblia Tysiąclecia*, 1980.

ma kłopoty. Udało mu się wymknąć i znaleźć kryjówkę w opuszczonym schronie niedaleko mieszkania Ronit. Ronit co rano przynosiła mu kanapki i termos z kawą. Kanapki owijała w kawałki gazet, z których Nachum zdołał się dowiedzieć, że wnuk rabina z Ludwor zorganizował masową ucieczkę uczniów z jesziwy w Bnei Brak, twierdząc, że nie ma żadnej potrzeby poszukiwania w świętych księgach prawdy, odkąd ta została odkryta. Gmina ortodoksyjna uznała Nachuma za osobiście odpowiedzialnego za tę sytuację. I jakby nie była ona i tak już dość skomplikowana, jego ojciec, któremu zrozumienie sensu życia nie odmieniło w znaczący sposób charakteru, skomplikował ją jeszcze bardziej. Rzucając doniczki na głowy manifestujących ortodoksów i niekonwencjonalnie używając konserw z lilipucimi marchewkami, posłał przewodniczącego synagogi gminy Ludwor na oddział intensywnej terapii.

Nachum chciał uspokoić rabina gminy Ludwor, wytłumaczyć mu, że sens życia, o jakim mówi, niekoniecznie zawiera antyreligijne przesłanie. Przeciwnie. Przecież on sam pości w każdy Jom Kipur, świętował swoją bar micwę, a nawet dostał sportowy rower z tej okazji, jak każdy porządny Żyd. Ale za każdym razem, kiedy z budki telefonicznej koło schronu dzwonił do rabina, ten nie dawał mu dojść do słowa, tylko mamrotał modlitwę „Szma Israel", czytał w jidysz wezwania do pomocy i szybko się rozłączał. Nachum zaczął pogrążać się w melancholii, sprawozdania z oblężenia jego domu i publiczne oskarżanie przez rabinów kongregacji połączone z wilgocią w schronie oraz gwałtowną tęsknotą do maminej kuchni coraz bardziej dawały mu się we znaki. Ale właśnie na tym etapie, kiedy wszystko już wydawało się stracone, nadeszła kompletna odmiana w postaci wtorkowej kanapki z tuńczykiem. W kawałku gazety, którym owinięta była kanapka, ukazał się obszerny wywiad z przewodniczącym gminy Ludwor, oprzytomniałym już po ciosie konserwą i zwolnionym ze szpitala, a dokładnie nad wywiadem pojawiła się reklama, która przyciągnęła uwagę Nachuma. W reklamie występował nasz znajomy mocarny okularnik, tyle że tym razem w sytuacji mało przyjemnej, naprzeciw niego stał olbrzymi brodacz, groźnie podnosząc najwyraźniej naostrzoną siekierę. Okularnik utkwił w nim przenikliwe spojrzenie, podkreślone jeszcze narysowaną strzałką. Reklama głosiła, co następuje: „Masz wrogów? Ludzie chcą ci zaszkodzić? Nie ma zmartwienia! Za 19,99 szekli możesz wejść w posiadanie naszego nowego podręcznika *Od nienawistnika do miłośnika w siedmiu łatwych lekcjach* i nauczyć się zmieniać negatywne energie w pozytywne, a wszystko za pomocą wzroku!".

Nachum czym prędzej wysłał pieniądze i wkrótce dotarła zamówiona przesyłka. Przeczytał ją żarłocznie i zaraz zabrał się do trenowania przedstawionych w broszurce zasad na szczurach ze schronu, które w kilka chwil zostały jego serdecznymi przyjaciółmi. Nachum ogolił się w zimnej wodzie – tylko taka była w schronie – i postarał się najlepiej jak mógł wyprasować ubranie. W pobliskim sklepie nabył jarmułkę i wyruszył w długą drogę do siedziby rabina z Ludwor. Mimo starań, by pozostać niedostrzeżonym, przyciągał Nachum z niejasnych powodów ogólne zainteresowanie. Koło domu rabina z Ludwor tłum usiłował go zlinczować, ale zaprzyjaźnione szczury, które uparły się go odprowadzić, stanęły w jego obronie. Rabin wyszedł na balkon, żeby spróbować ostudzić zamieszki, i rzeczywiście wystarczyło jedno Nachumowe spojrzenie, żeby sprawę wyjaśnić.

- Przestańcie - zawołał rabin z wyżyn balkonu - nie widzicie, że przed wami Mesjasz Syn Dawidowy i Bóg przemawia przez jego usta?

Tłum spojrzał i zobaczył. Tego samego wieczoru była wielka uczta, podczas której tańczyli, wziąwszy się pod ręce, ojciec Nachuma z przewodniczącym gminy z Ludwor, a szczury, przyjaciele Nachuma, przepłukiwały gardła na umór.

Stąd do wyjaśnienia sensu życia reszcie ludzkości droga już była krótka. Tajemnica esencji ludzkiego istnienia rozprzestrzeniała się w zawrotnym tempie i Nachum dołożył starań, by ją osobiście objaśnić w trakcie swojego wystąpienia w NIGHT LINE. Wszystkie kraje świata pozbyły się swojej broni, niektóre przekuwając miecze na lemiesze, inne znajdując dla niej jakiś jeszcze lepszy użytek. Nachum większość swojego czasu spędzał na doglądaniu grządek z pomidorami na podwórzu bloku, w którym mieszkał z rodzicami, dumny z tego, że również jemu przypadła jakaś część ogólnoświatowej szczęśliwości. Mimo wszystko trapiła go jednak pewna myśl. Myśl o śmierci. Kiedyś Nachum się tym nie kłopotał, ale odkąd wszystko było tak wspaniałe, zaczęła mu się ta przerażająca myśl nasuwać. I jakże był rad, kiedy ojciec zwrócił jego uwagę na ogłoszenie, które ukazało się w jednej z codziennych gazet, a w nim barczysty okularnik, wyglądający młodziej niż kiedykolwiek, obiecywał „...barwną broszurkę, która wytyczy twoją drogę życia wiecznego, przy zainwestowaniu piętnastu minut dziennie w ćwiczenie mięśni pierścieniowatych, za jedyne 39,99 szekli".

– Widziałeś? – syknął z pogardą ojciec Nachuma. – Trochę się uda i już przypierdalają niebotyczne ceny.

Bumerang

Czasami ojciec zostawiał dom na kilka dni, pakował trochę rzeczy w coś w rodzaju plastikowej torby, takiej brązowej z napisem Adidas, i znikał.

Gdzie tata jedzie? - pytałem mamę.

- Do Ber Szewy - odpowiadała niecierpliwie.

A co robi w Ber Szewie?

- Uff, ile ty dzisiaj pytań zadajesz - złościła się. - Idź odrabiać lekcje.

No to poszedłem pytać ojca.

- Gdzie jadę? - zastanowił się tata. - Nie bardzo pamiętam. A mama powiedziała ci, że gdzie jadę?

Do Ber Szewy.

- Aaa, rzeczywiście! Nagle sobie przypomniałem - uśmiechnął się tata. - Rzeczywiście jadę do Ber Szewy.

Ale co będziesz robił w Ber Szewie? - spytałem.

- A mama mówiła ci, że co będę robił? - sprawdzał tata.

Wzruszyłem ramionami.

Nie chciała nic zdradzić, a co, to tajemnica?

- Pewnie, że tajemnica - szepnął tata - najbardziej tajemnicza tajemnica, ale wiesz co - jestem gotów powiedzieć ci na ucho, jeśli przysięgniesz, że nikomu nie wygadasz.

Przysięgam.

- Aaa - obruszył się tata - nie wystarczy po prostu powiedzieć „przysięgam", trzeba przysiąc na coś.

No dobrze, to przysięgam na moją mamę.

– Naprawdę twoją? – zaśmiał się tata. – Dobrze, co to ma za znaczenie. Chodź tutaj.

Przybliżyłem się do niego, a on szepnął mi do ucha:

– Jadę do Ber Szewy łowić ryby.

Łowić ryby?

– Szszsz... – uciszył mnie i położył mi rękę na ustach. – Nie na cały głos.

Łowić ryby – wyszeptałem. Ale jak? Nie masz wędki.

– Wędka jest dla tchórzliwych mend – powiedział tata. – Ja je łowię rękami.

Ale co to są mendy? I co robisz z rybami, jak już je złowisz? I po co je w ogóle łowisz?

Twarz tacie spoważniała.

– To naprawdę dobre pytania – orzekł – ale nie mogę ci na nie odpowiedzieć, może poza tym o mendy. To po prostu za duża tajemnica.

Ale ja nikomu nie powiem. Przysięgam na dwie rzeczy, teraz niech będzie i mama, i Syjon.

– Nawet Syjon? – powiedział tata i gwizdnął z uznaniem. – Nawet Syjon Szmiszenbaum?

Kiwnąłem głową.

– Jeśli tak, to jestem pewny, że nie wygadasz – stwierdził tata – ale mogą cię porwać i wstrzyknąć ci narkotyk prawdy, który wyciągnie ci tajemnice z głowy tak, że w ogóle nie zauważysz kiedy.

Kto? – spytałem. Kto może mnie porwać?

– Mendy – szepnął tata.

Mama weszła do pokoju.

– Kiedy jedziesz? – zapytała i zapaliła papierosa.

– Teraz – odpowiedział i podniósł torbę. – Pamiętaj – puścił do mnie oko i położył palec na ustach – ani słowa!

Ani słowa, nic ze mnie nie wyciągną, choćby mi nawet wstrzyknęli wszystkie narkotyki świata.

- Jakie narkotyki? - zapytała mama i utkwiła w tacie przenikliwe spojrzenie. - Co za świństwa pakujesz dziecku do głowy?

- Nawet mamie - krzyknął tata i wyszedł. Wiedziałem, że polega na mnie.

Dwa dni po wyjeździe taty pojawił się Cachi. Cachi zawsze się pojawiał, kiedy tata wyjeżdżał. Przeważnie bardzo późno w nocy, kiedy już myślał, że zasnąłem, i wtedy zostawał na noc. Syjon Szmiszenbaum powiedział, że na pewno pierdoli moją mamę. Syjon jest starszy ode mnie o cztery lata i rozumie się na takich sprawach.

To co robimy? - zapytałem Syjona.

- Nic - odpowiedział. - Takie są samice, zawsze będą chciały chuja. A chuj to bumerang.

Dlaczego? Dlaczego zawsze chcą?

- Tak to już jest - powiedział Syjon. - Wszystkie samice to kurwy. Taki mają charakter. Nawet moja mama jest taka.

Ale dlaczego chuj to bumerang? I co to ma wspólnego z tym, że są kurwy?

- Nie wiem. - Syjon wzruszył ramionami. - Mój brat zawsze to mówi. Myślę, że to znaczy, że nic nie można zrobić.

Więc nic nie zrobiłem.

Zawsze nienawidziłem Cachiego. Nie wiedziałem dlaczego, nawet wtedy, kiedy pojawiał się rano i przynosił mi czekolady, i cały czas się podlizywał.

- Jak tam leci, chłopie? - powiedział Cachi, gdy otworzyłem drzwi. - Mama w domu? - spytał.

Skinąłem głową.

– A ojciec? – Rzucił okiem do mieszkania.

Nie.

– Gdzie jest? – zapytał, kiedy już zerknął do środka. – Wyjechał?

W tym momencie zacząłem podejrzewać. Jeśli przychodzi pierdolić mamę, to po co nagle pyta o ojca? Nie odpowiedziałem. Mama wyszła z kuchni, Cachi postawił swoją czarną skórzaną torbę na podłodze i podszedł do niej. Była strasznie zaskoczona jego widokiem.

– Co ty tu robisz? – spytała. – Zwariowałeś?

– Powiedziałem żonie, że jadę do szpitala – powiedział Cachi. – Musiałem cię zobaczyć.

– Oszalałeś? – powtórzyła mama. – A gdyby Menachem tu był?

– Tobym powiedział, że przyniosłem ci lekarstwa – odpowiedział Cachi. – Co jest? – Zbliżył się do mamy i złapał ją za rękę. – Nie wolno lekarzowi odwiedzić swojej pacjentki?

Mama spróbowała uwolnić rękę z uchwytu, ale nie za bardzo na siłę. Nie puścił.

– Co z dzieckiem? – szepnęła.

– Dziecko? – powiedział Cachi. – Mam dla niego czekoladę.

Kiedy weszli do sypialni i zamknęli za sobą drzwi, otworzyłem jego torbę. Było w niej całe mnóstwo buteleczek i notesów, ale na samym-samym dole, w sekretnej kieszonce, była strzykawka z narkotykiem. Trzymając strzykawkę trzęsącymi się rękami, podbiegłem do drzwi sypialni. Były zamknięte na klucz, więc zacząłem w nie walić z całej siły.

Mamo, mamo, uważaj! - krzyczałem. Nic mu nie mów!

Upłynęło kilka minut, aż w końcu mama, dysząc, otworzyła drzwi.

- Co się stało? - zapytała ze złością.

To Cachi - krzyczałem. On tak naprawdę nie chce cię pierdolić! To tylko taki wybieg. A właściwie to jest mendą. O, tu jest strzykawka, miał ją w torbie. Nic mu nie mów! Nic mu nie mów!

Mama nagle się przestraszyła i też Cachi nagle pojawił się w drzwiach.

- Skąd wymyśliłeś takie głupstwa?! - wrzeszczała mama i zaczęła mną potrząsać.

Nie wymyśliłem, to tata powiedział. - Zacząłem płakać.

- Tata? Gdzie on jest? - spytał Cachi.

Choćbyś mnie zabił, nie powiem, ty mendo.

Cachi złapał torbę i zmył się z domu, z butami w ręku i z wszystkimi guzikami od koszuli jeszcze porozpinanymi. Strzykawka została. Mama próbowała mnie jeszcze później wybadać, ale nic więcej jej nie powiedziałem, bo widziałem, że nie wie, co to menda, i zrozumiałem, że tata nie chciał jej opowiedzieć i że to dość pasuje do tego, co Syjon Szmiszenbaum powiedział o naturze samic, które zawsze chcą bumerang. Kiedy tata wrócił, mama trochę z nim rozmawiała, a on strasznie się na nią gniewał za to, że wpuściła mendę do domu. Wiem, ponieważ dał jej po buzi i wyrzucił swoją brązową torbę przez okno. Nie słyszałem, co dokładnie mówili, bo zamknęli drzwi, ale od tego czasu przestał wyjeżdżać. Sam mi powiedział, że więcej nie pojedzie, jeszcze tego samego wieczoru.

– Twojej matki nawet na chwilę nie można samej zostawić – złościł się.

Ale co będzie z rybami?

– Z jakimi rybami? – zapytał zmęczonym głosem.

No, tato, z rybami w Ber Szewie.

– Nie znudziło ci się to zawracanie głowy przez cały czas? – zdenerwował się. – Idź odrabiać lekcje.

Syn szefa Mosadu

Syn szefa Mosadu nie wiedział nawet, że jest synem szefa Mosadu. Myślał, że jego ojciec jest przedsiębiorcą robót drogowych. A kiedy ojciec każdego ranka wyciągał z dolnej szuflady swoją berettę ze skróconą lufą i sprawdzał w magazynku jedną po drugiej kule kaliber .38 Special, sądził, że to dlatego, że ojciec pracuje dużo z Arabami z terenów okupowanych. Syn szefa Mosadu miał cienkie długie nogi i śmieszne imię. Nazywał się Aleks, na pamiątkę przyjaciela ojca, który zginął w wojnie sześciodniowej, i gdybyś go widział w lecie w krótkich spodenkach, jak chwieje się na tych swoich chudziuteńkich i bielusieńkich szczudłach, bałbyś się, że za chwilę się pod nim załamią. I też to imię „Aleks". Tak nie wyglądało na syna szefa Mosadu, że mogłeś chwilami przystanąć i sam siebie zapytać, czy to czasem nie kolejny figiel jego ojca, starającego się ukryć swoją prawdziwą tożsamość.

Bywały dni, że szef Mosadu nie wychodził z domu, kiedy indziej znowu wracał bardzo późno. W te dni, kiedy wracał, posyłał synowi szefa Mosadu i jego matce zmęczony uśmiech i mówił:

– Alеż miałem dzień, nie pytajcie.

I oni nie pytali, tylko dalej oglądali telewizję albo odrabiali lekcje. A nawet jak pytali, i tak nie odpowiadał.

Syn szefa Mosadu miał dziewczynę, nazywała się Gabi. Rozmawiali ze sobą o wszystkim. Najczęściej rozmawiali, leżąc na podłodze u niego w pokoju. Leżeli w kształcie „T", tak że głowa Gabi opierała się o brzuch syna szefa Mosadu. Matka Gabi zmarła, kiedy ona była niemowlęciem, ale Gabi opowiadała Aleksowi, że świetnie pamięta, jak ssała pierś. Najodleglejsze wspomnienie syna szefa Mosadu sięgało okresu, kiedy miał jakieś dwa i pół roku. Ogłuszające syreny wprawiały samochód w drżenie, a ojciec siedział za kierownicą milczący jak Budda.

– Żebyś wiedziała. Awiwa, jeśli o mnie chodzi, mogą wyć do jutra – powiedział cicho – w końcu będą mieli dość. – I jeszcze: – Jeśli o mnie chodzi, on też może płakać do jutra, w końcu i on będzie miał dość.

Gabi miała wcześniej chłopaka, który nazywał się Simon. Simon był kiedyś z nimi w tej samej klasie w gimnazjum, ale na początku siódmej go wywalili, bo rzucił w wicedyrektorkę twarożkiem, i zaczął pracować u swojego ojca. Ojciec Simona też był przedsiębiorcą robót drogowych i nie znosił szefa Mosadu.

– Ciągle tylko mówią o konkursach, które wygrała jego firma – powiedział kiedyś do Simona – ale nigdy nie widziałem go siedzącego na koparce i popychającego jakiś projekt.

Simon z ojcem myśleli, że chodzi tu o jakiś przekręt, że firma szefa Mosadu dostaje pieniądze z urzędów państwowych za projekty, których w ogóle nie zrobiła. Myślenie zupełnie nieźle zakotwiczone w rzeczywistości. Jeśli dorzucić do tego fakt, że syn szefa Mosadu ukradł Simonowi dziewczynę, łatwo zrozumieć, dlaczego Simon nienawidził syna szefa Mosadu otchłanną nienawiścią.

Pewnego razu syn szefa Mosadu poszedł pograć w koszykówkę do Sporteku. Poszedł z kolegą, Ehudem. Ehud był wysoki i silny i cały czas milczał. Wielu ludzi myślało, że Ehud nic nie mówi, bo jest durniem. Ale to nie była prawda. Nie był wprawdzie jakimś wielkim geniuszem, ale też nie był idiotą. Z pewnych względów lepiej by pasowało, żeby Ehud był synem szefa Mosadu niż jego prawdziwy syn. Jego spokój wewnętrzny i opanowanie to tylko niektóre cechy, jakie sprawiały, że był idealnym kandydatem do roli syna szefa Mosadu. I doprawdy, szef Mosadu bardzo Ehuda lubił. Kiedy Ehud przychodził do nich do domu, szef Mosadu klepał go przyjaźnie po ramieniu i mówił:

– Jak leci, chłopie?

A Ehud uśmiechał się i dalej milczał. To był wyjątkowy gest. Np. syna szefa Mosadu szef Mosadu nigdy po ramieniu nie klepał. Nie klepał po ramieniu nikogo poza Ehudem i zastępcą szefa Amanu*, a i to tylko dlatego, że byli razem na kursie oficerskim i ratowali sobie nawzajem życie kilkadziesiąt razy. Kiedy zaczęło się ściemniać, skończyli grać i syn szefa Mosadu wyruszył do domu. Ehud, jak zawsze, został jeszcze na boisku, żeby poćwiczyć rzuty.

Syn szefa Mosadu przechodził przez Lunapark i przyglądał się starym instalacjom. Nie było tam nikogo, bo już zaczęło się robić ciemno. Nie było nikogo oprócz Simona, który siedział na krawędzi skrzyni z piaskiem i wyglądał, jakby za dużo wypił. Simon tego wieczoru był bardzo przygnębiony, także dlatego, że popsuł swojemu ojcu jedną z koparek, ale przede wszystkim z powodu odkrycia, że jego siostra pierdoli się z jednym z ich arabskich robotników. Wypił już pięć piw i czuł, że zaraz się porzyga. Syn szefa Mosadu przechodził

* Aman – wywiad wojskowy.

blisko Simona, nie wiedząc w ogóle, że to Simon, bo jego twarz była w ciemności, podczas gdy na twarz syna szefa Mosadu padało światło.

- Tylko ciebie mi brakowało - powiedział Simon i złapał syna szefa Mosadu za koszulę. - Tylko ciebie mi brakowało - powtórzył i wyciągnął z kieszeni nóż sprężynowy. Nóż wydał dźwięk coś jak „szlak!" i wyskoczyło z niego ostrze. Syn szefa Mosadu przymknął oczy i zachwiał się na swoich długich nogach.

Simon tak się ucieszył, widząc, że syn szefa Mosadu się boi, że od razu przeszły mu mdłości. Przez głowę przeleciały mu dziesiątki pomysłów, jak najlepiej zdołować syna szefa Mosadu.

- Wiesz - skłamał mu - Gabi zawsze lubi opowiadać, jakiego masz małego fiuta. Może tak zdejmiesz spodnie, żebym sam mógł zobaczyć.

Kiedy zmusił syna szefa Mosadu do zdjęcia spodni i majtek, zabrał mu też koszulę. Obwiązał ubraniem duży kamień, wrzucił do Jarkonu i poszedł do domu, a następnego dnia obudził się z okropnym bólem głowy. Syn szefa Mosadu musiał na swoich szczudłach dowlec się do domu goły, żeby na koniec, kiedy już otworzy drzwi, ojciec utkwił w nim osłupiałe spojrzenie. Ojciec zażądał, żeby zaraz, natychmiast, opowiedział, co się stało. A on opowiedział mu o nożu i o Simonie. A ojciec zapytał, czy Simon go w ogóle choć dotknął i czy próbował się opierać, i czy Ehud też się rozebrał, bo syn szefa Mosadu zapomniał mu powiedzieć, że Ehud został na boisku.

- Dobrze, możesz iść się ubrać - powiedział po skończeniu przesłuchania i usiadł wściekły za biurkiem.

Syn szefa Mosadu wszedł do łóżka goły, naciągnął kołdrę na głowę i zaczął płakać. Matka, która przez cały czas, kiedy był przesłuchiwany przez ojca, stała tylko i milczała, przyszła i głaskała go, aż przestał płakać, i pomyślała, że zasnął. Usłyszał potem po raz pierwszy w życiu ojca krzyczącego w salonie. Przez kołdrę udało mu się usłyszeć tylko część słów, jak „przez ciebie", „nawet bez draśnięcia", „nie, nie przesadzam" i „Ehud na przykład".

Następnego ranka szef Mosadu sprawdził naboje w magazynku beretty i włożył z powrotem broń do szuflady. Potem podwiózł syna do szkoły. Przez całą drogę nie powiedzieli do siebie ani słowa, jak zawsze. O drugiej syn szefa Mosadu skończył jeść obiad i powiedział, że idzie grać w koszykówkę. Wieczorem, po powrocie, syn szefa Mosadu posłał rodzicom zmęczony uśmiech i powiedział:

– Ależ miałem dzień, nie pytajcie.

A oni nie pytali. Potem, kiedy ojciec poszedł do ubikacji, a matka już spała, odłożył broń na miejsce, do dolnej szuflady. Nawet gdyby pytali, i tak by nie odpowiedział.

Jordan

Jeszcze zanim Jordan skończył wstukiwać tajny kod w klawiaturę swojego ściennego sejfu, poczuł, że coś jest nie w porządku. Coś w tyle głowy mówiło mu: „Uciekaj, Jordan, póki jeszcze możesz". Ale dwanaście lat wytężonej pracy dla Mosadu nauczyło go odnosić się do szóstego zmysłu z takim samym sceptycyzmem, z jakim odnosił się do pozostałych. Tyle że tym razem zmysł nie zawiódł. Sejf był pusty. Trzy torby po „odfajkowanych" i zamszowa torba na zatrzaski znikły. Pierwszy raz od czasu, kiedy na jego oczach zabito mu rodziców, Jordan pozwolił sobie poblednąć. „Nie panikuj - nakazywał mu głos w tyle głowy. - To ważne, ważne, ważne". Ale mimo że hierarchia ważności była prawie niemożliwa do ustalenia, głos w tyle głowy dalej kołatał. „Nikt nie znał tej kombinacji poza moją żoną Jamimą... - Jordan próbował zawęzić listę potencjalnych podejrzanych - ...a ją zabiłem w listopadzie, po tym FIASCO ze słodzikiem w kawie". Jordan stał bezradnie przed pustym sejfem. Za błąd popełniony w listopadzie pokarało go teraz, kiedy został z pustą listą podejrzanych. A co, może zapomniał kogoś? Jordan przypomniał sobie, czego uczył go Halamisz na ćwiczeniach podstawowych (zanim został uplasowany jako wtyczka u Czerwonych Khmerów): „Nie bądź pewien żadnego człowieka, nawet siebie!". Nagle wszystko stało się jasne. „Ja ukradłem te torby - szepnął do siebie, jakby nie dowierzając - przecież wszystko pasuje: znałem kombinację i miałem okazję. Kto w ogóle poza mną miał interes, żeby ukraść zamszową torbę na zatrzaski?". Po pierwszym osłupieniu Jordan zdecydował, że trzeba działać, i to szybko. Zaskoczył sam siebie od tyłu, szybko pokonał i przywiązał do krzesła. „Kto mnie posłał, hę? - krzyknął na siebie gniewnie. - Gadaj, szpiclu jeden". „Powiedz, odbiło ci? - odpowiedział zmieszany. - To ja. To znaczy to ty, Jordan, uwolnij mnie". „Zamknij się, ty zdrajco" - spoliczkował Jordan samego siebie. „Ja zdrajca? - zdumiał się. - Naprawdę, Jordan, pojebało ci się coś w mózgu? Znasz mnie od urodzenia. Wiesz, że ojczyzny nigdy nie zdradzę". Jordan udał, że jest przekonany, i uwolnił się. „*Tafaddal*, proszę"- zaoferował sobie papierosa. „*Szukran*" - podziękował. „Aaaa, teraz cię przyłapałem, arabski suczy synu" - rozentuzjazmował się Jordan. „No naprawdę, jak mówisz o mamie?" - udał niewiniątko. „Nie zawracaj mi tu głowy mamą, szpionie. Jeśli nie jesteś szpiegiem, to dlaczego odpowiedziałeś po arabsku?". „Bo zapytałeś po arabsku, durniu. Przecież razem uczyliśmy się arabskiego na ćwiczeniach podstawowych" - odparł Jordan sam sobie, urażony. Było sporo racji w tym, co powiedział. „Zaufaj mu, prawdę mówi - szepnął głos w tyle głowy z lekkim rosyjskim akcentem - on przecież jest tobą, musisz mu zaufać". „Nic nie muszę poza złożeniem ojczyźnie życia w ofierze - wycedził Jordan do siebie - poza... chwila, chwila, co znaczy lekki rosyjski akcent?". Sięgnął szybko ręką w tył głowy i wyciągnął stamtąd małego karzełka w kozackiej czapce.

Podczas gdy Jordan swoją susitą wiózł skrępowanego liliputa na przesłuchanie do sztabu, ten samodzielnie i z własnej inicjatywy podzielił się informacją.

– Popatrz – powiedział – od czasu głasnosti w ogóle nie ma pracy, wszyscy kumple z KGB konają z nudów. No to postanowiliśmy zrobić, jak to powiedzieć po hebrajsku, no... kawał. Poszukaliśmy w teczkach agenta z najniższym na świecie IQ i... – Jordan nie dosłuchał do końca. Wyrwał zapalniczkę samochodową, w otwór wcisnął sowieckiego karła, włożył z powrotem zapalniczkę i docisnął. Po trzydziestu sekundach karzeł przestał wrzeszczeć. Jordan zrobił nawrót i pojechał do domu. „No więc trochę jestem słaby z psychometrii w rozdziale «figury» – mruknął do siebie – ...ale od tego do powiedzenia, że jestem agentem o najniższym IQ na świecie, to naprawdę!". „Wiesz – powiedział sobie z udaną serdecznością – poznałem kiedyś jednego gruzińskiego agenta, który nie umiał zliczyć do trzech...". Uśmiechnął się czarująco do swego odbicia w lusterku. W głębi serca nadal sobie nie ufał.

Nektar z mitów

Strzelali do niego jak do psa, a mnie dali w twarz. Zawsze tak jest - do mężczyzn strzelają jak do psów, a kobiety dostają po twarzy.

- Nie mam serca cię zabić, choć ci się należy - powiedział ich przywódca, który o dziwo był z nich wszystkich najniższy. - Nawet cię nie zgwałcimy - dorzucił i zobaczyłam w jego oczach, że napawa się tym, jaki jest w porządku, a ja, zamiast mu podziękować za dżentelmeński gest, zaczęłam płakać. Ciężko być kobietą, to wieczne bicie po twarzy i ci mężczyźni, co giną. Jak jesteś mężczyzną, biorą cię raz w środku nocy z łóżka, wywlekają na ulicę, KABUM! I koniec. Ale jak jesteś kobietą, to nigdy nie ma końca.

- To naturalne, że płaczesz - powiedział i pogłaskał mnie po głowie - to z powodu szoku. - A potem znowu: - Nawet cię nie zgwałcimy, choć się należy.

Potem poszli. To nie było ze strachu, mężczyźni nie boją się niczego. Może nie dość życzliwie ich potraktowałam? Wyciągnęłam z komórki z narzędziami łopatę i wykopałam dół w miejscu, gdzie ziemia była miękka. Zabrało to trzy godziny i porobiły mi się pęcherze na rękach. Ciężko wykopać dół wystarczająco głęboki, żeby zmieścił człowieka, i to jeszcze mężczyznę takiego wielkiego jak mój. Zaciągnęłam ciało do dołu, ale nie miałam już siły zasypać go piachem, przykryłam je więc naszą kwiecistą pierzyną, i żeby wiatr jej nie porwał, przygniotłam ekspresem do kawy, który dostaliśmy od dzieci na ostatnią rocznicę ślubu. To stary sposób, moja mama tak zrobiła, jak umarł tata. Weszłam potem do kuchni i wyjęłam z lodówki karton nektaru z mitów, wypiłam dwie szklanki, po czym wyszło mi coś jak takie małe czknięcie, kobieca czkawka. Kiedy on bekał, dom się trząsł. „Zachowujesz się jak świnia" - mówiłam mu, a on się śmiał. Położyłam się do łóżka, ale trudno mi było spać bez mężczyzny, a jeszcze bardziej bez pierzyny - w taką zimną noc. Kiedy już zasnęłam, śniło mi się, że wyciągają nas z domu w środku nocy i że do mnie strzelają jak do suki, i że jeden raz w życiu to on został spoliczkowany, i z tym „nie zgwałcimy cię", i z grobem, i nektarem z mitów, i tak mnie to poruszyło, że obudziłam się cała spocona, jak tylko kobiety potrafią.

Płyta

Jest jedna płyta na ulicy Fajnberg, róg Alei Palmowych. Bardzo łatwo ją rozpoznać, jest na niej taka brązowo-czerwonawa plama i trochę wystaje nad inne płyty na ulicy. Dlatego kiedy na niej stoisz, czujesz się trochę wyższy, niż czułeś się wcześniej. I czasem to trochę jest właśnie dokładnie tym trochę, którego brakowało. Ale wyrządzam krzywdę tej płycie, kiedy mówię tylko o jej zewnętrznych cechach. Jest w niej dużo więcej. To płyta, na której stałem pierwszy raz, kiedy wyszedłem na mężczyznę i, wierzcie mi, płyta, której udało się wywołać w tak tchórzliwym i mięczakowatym dzieciaku jak ja odważne zachowanie, musi być czymś wyjątkowym.

Pamiętam tę chwilę, kiedy na nią wszedłem, tę zmianę, która się we mnie rozpoczęła jak od jednego uderzenia. Czułem siłę idącą od niej, wstępującą przez nogi i rozprzestrzeniającą się po moich wnętrznościach. Cały strach, który był we mnie, zniknął. Wiedziałem, że póki jestem na niej, cokolwiek zrobię i powiem, może tylko się udać. Wszystko stało się w ułamku sekundy, ale tak wiele się w tym momencie we mnie zmieniło. Nawet mój piskliwy głos zabrzmiał mi w uszach inaczej, głębszy, poważniejszy, budzący zaufanie. Lubię myśleć, że także dla płyty była to wyjątkowa chwila. Wprawdzie jestem pewien, że stając na tej samej tafelce, wielu ludzi odkryło w sobie zimną krew i odwagę, ale trudno mi uwierzyć, by zmiana, jaka w nich zaszła, była równie radykalna jak ta, która zaszła we mnie. Do dziś jestem wdzięczny losowi, że wybrał ten moment, by mnie na niej postawić, nie chcę nawet podjąć próby pomyślenia, co by się stało, gdybym wówczas stąpnął na inną płytę. Załóżmy na tę po lewej.

Wyobrażam sobie, że w oczach wielu świadków wydarzenia ta nagła, zademonstrowana przeze mnie odwaga wydała się związana z określonym punktem w czasie. Rodzaj cudownej chwili, co nadeszła i go zmieniła. Czarodziejski moment, którego nie można przywrócić. Obym ja również mógł tak myśleć. Może wówczas zniknęłoby to ciążące poczucie frustracji. Ale trudno się nie denerwować, kiedy widzisz z całkowitą pewnością, że wszystkie egzaminy, których nie zdałeś, nieudane rozmowy w sprawie pracy, miłosne potyczki, w których zawiodłeś, zakończyłyby się zupełnie inaczej, gdybyś tylko mógł je odbyć na owej płycie. Tylko z kim, kurwa, możesz się spotkać na Fajnberg, róg Palmowych?

Julia

Żołnierze usprawiedliwili się przed nią, że do mnie strzelali. Przecież było ciemno, granica blisko, a aluminiowa rura, którą niosłem, wyglądała zupełnie jak broń. Gdybym tylko zareagował na ich okrzyki, ale ja, jak zawsze, zniknąłem. A ona zapłakała tak ładnie, takim dziewiczym płaczem człowieka, co w życiu znał tylko dobro.

Opowiedzieli jej o trzech kulach, które mnie raniły, dwie z nich w podstawę kręgosłupa, o okrzyku bólu, jaki wydałem... nie, wcale mnie nie bolało, ale wolałem udawać, jak za każdym razem, kiedy szeptałem słowa „kocham cię", a w głębi serca myślałem „tłuczone kartofle", jak wszystkie te kobiety, zanim ją spotkałem.

Łzy płynęły jej z oczu, głaszcząc delikatne i wysokie kości policzkowe, spływając po pochyłości toczonej szyi, a oficer, młodszy z dwóch, położył rękę na jej ramieniu, jakby chciał ją wesprzeć, jej dolna warga drżała, mogła poczuć jego pożądanie.

Tak wiele było symboli w świecie wokół nas, zrozumiałych tylko przez miłość: światło księżyca - sen, ból - rzeczywistość, a punkt ich spotkania był na moście mojego złamanego nosa. Teraz te symbole już do mnie nie przemawiają.

Kiedy byłem dzieckiem, śniłem dużo o aniołach o dziobatych twarzach przykrywających mnie stertami gówna. Dzisiaj też nie lubię, kiedy mnie grzebią.

Ona wraca z pogrzebu, zdejmuje płaszcz przeciwdeszczowy, zamyka przesuwane drzwi w kuchni, uszczelnia szparę między drzwiami a podłogą, nie jestem w stanie się jej przyjrzeć. Odkręca kurek od gazu, siada wygodnie w rogu pomieszczenia, rozpuszcza związane włosy i opiera się plecami o ścianę. Za szesnaście minut, kiedy umrze, zniknie nasza miłość. Gdybym był, wybuchnąłbym zużytym już płaczem.

Ja i Anette pierdolimy się w piekle

Ona się pociła, ja się pociłem i ziemia się pociła. Mogliśmy poczuć drżenie ogarniające jej wnętrzności i zdawało się, że za chwilę otworzy usta, żeby zwymiotować.

- Powiedz im, niech przestaną - poprosiła, jej ręka gładziła moje mokre, tłustawe włosy - błagam, zrób coś, żeby przestali.

Małe diabełki skakały wciąż wokół nas, szwargocząc swoimi wrzaskliwymi głosami i wykonując nieprzyzwoite ruchy. Raz po raz przesuwały długimi i brudnymi paznokciami po moim albo po jej tyłku, ruch, któremu zawsze towarzyszył denerwujący chichot. A myśmy się pierdolili. Mój język pieścił jej sutki, a do moich ust przenikał także gryzący smak siarki. Czułem, jak Anette gładzi mnie po wilgotnych plecach, ale może był to jeden z diabłów. Zrobiłem wysiłek, żeby ponownie wysunąć język, schodząc wzdłuż jej ciała i próbując zignorować ten smak, zapach i głosy. Dotarłem do jej sromu. Diabełki klaskały w dłonie i gwizdały w ekstazie, ale ja próbowałem zapomnieć, koncentrowałem się na ruchu języka. Zaczęła jęczeć, ale nawet na chwilę nie przymknęła oczu. Wzrok miała utkwiony gdzieś w sufit, na pewno widziała olbrzymie ślepe nietoperze zwisające głowami w dół gdzieś ponad nami, albo te obudzone, fruwające w pustce pokoju i srające podczas lotu. Nie można tu przymknąć oczu nawet na sekundę, ani kiedy śpisz, ani kiedy mdlejesz, ani kiedy jesteś z kobietą. I jeszcze jest coś wyjątkowego w tym strasznym miejscu -

zawsze ci stoi, jeśli jesteś facetem, a jeśli jesteś kobietą, zawsze masz wilgotno i cała ta sprawa z seksem staje się działalnością niemal mimowolną, jak oddychanie, jak oddychanie tym stęchłym powietrzem wywołującym spazmy w płucach, jak rzyganie. Jeden z diabełków przeskakuje dosłownie przez nas, zbiera na palec trochę rzygowin z jej brzucha, wyskakuje w powietrze i kropi tym inne. Mój język dalej pracuje, a ona coraz bardziej jęczy. W czasie gdy poganiam własne ciało, by wtargnąć do jej wnętrza, moja męskość budzi pogrążonego w drzemce szczura. Diabełki są teraz rozentuzjazmowane do reszty. Rzucają w nas grudkami śluzu i łajnem nietoperzy. Cieszą się naszym wstydem, naszym cierpieniem, a my nie możemy przestać. Gdybym tylko słuchał morałów, kiedy byłem nastolatkiem, gdybym tylko przestał, kiedy jeszcze mogłem.

Rachamim-Litość i człowiek od robaków - złośliwa opowieść

Gra na klawesynie w tle to były najpiękniejsze dźwięki, jakie Awigdor kiedykolwiek w życiu słyszał. Już sam trud splecenia ich w jeden utwór stanowił więcej niż doskonałość.

- Dupę ci rozpruję - szepnął człowiek od robaków głosem lepkim i tłustawym.

- D-dlaczego? - spytał Awigdor.

- On pyta dlaczego - parsknął Rachamim-Litość i splunął z pogardą na błyszczącą marmurową posadzkę.

- Chodź, chodź tutaj - wysyczał człowiek od robaków, wywijając w powietrzu ręką jakby pozbawioną kości, niczym ramię ośmiornicy.

- C-co zrobiłem? - wyjąkał Awigdor.

- Człowiek mówi ci, żebyś przyszedł, to przychodź, a pytania zadawaj potem - krzyknął Rachamim-Litość, zdenerwowany, blizna na jego czole poczerwieniała. Awigdor podszedł lękliwie do człowieka od robaków.

- Posłuchaj, kid, jesteś tu jeszcze nowy, nie znasz zasad, więc wytłumaczymy ci je powoli, aż załapiesz.

Rachamim-Litość uśmiechnął się złośliwie.

- Przytrzymaj go - wycedził człowiek od robaków swoim cieknącym głosem.

Rachamim-Litość chwycił Awigdora od tyłu żelaznym uściskiem. Człowiek od robaków przybliżył swoją gąbczastą twarz do twarzy Awigdora, a jego żółte oczy wpatrywały się uważnie w jego czoło. Awigdor wyrywał się zaciekle z rąk Rachamima-Litości.

- To ci nie pomoże, kotku, myśmy tu z kolegą zarżnęli takich chwatów jak Hitler, Dżyngis-chan, a nawet Mojżesz. To może się udać takiej mendzie jak ty?

- H-Hitler? - wybełkotał Awigdor zmieszanym głosem.

- Znalazłeś coś, braciszku? - zwrócił się Rachamim-Litość do znieruchomiałego wspólnika, kompletnie ignorując Awigdora.

- Cicho - gwizdnął człowiek od robaków, a jego ręka wyciągnęła się w stronę Awigdora, szybka jak ukąszenie żmii, i oderwała mu kawałek duszy.

Rozdzierana dusza krzyczała z bólu, podczas kiedy drżący w garści człowieka od robaków skrawek usiłował związać się z nią na powrót. Człowiek od robaków połknął go, warcząc, po czym oblizał palce. Awigdor wrzeszczał w męczarniach. Pierwszy raz przeżywał poczucie prawdziwej utraty i zaczynał rozumieć, czym jest pustka. Część jego uczuć, wspomnień była teraz trawiona w żołądku tego wstrętnego stworzenia, zostawiając Awigdora z dojmującym doznaniem nicości. Rachamim-Litość puścił go, a on opadł na podłogę jak pusta butelka i rozpękł się na tysiące okruchów. Do klawesynu dołączył teraz flet. Ten wspaniały duet mógłby napełnić Awigdora poczuciem nadzwyczajnej radości. Niestety, jego niegdysiejsza zdolność odczuwania radości została prawie całkowicie strawiona w żołądku człowieka od robaków. Nie był już kompletny, nie mógł nawet płakać.

- Umarłem... - szepnął Awigdor.

- Aha. - Rachamim-Litość pokiwał głową.

- ...a to jest piekło.

– Piekło? – Człowiek od robaków z Rachamimem-Litością wybuchnęli grzmiącym śmiechem. – Gdzie w piekle znajdziesz taką muzykę, taki przepych, taką czystość?!

Rachamim-Litość pochylił się i zebrał dłońmi życie Awigdora.

– Wszystkiego najlepszego, mój mędrcze. Jesteś w raju.

– Naszym raju – dorzucił człowiek od robaków swoim ugotowanym na miękko głosem.

Rachamim-Litość z człowiekiem od robaków oddalali się od Awigdora w dół po pochyłości oświetlonego korytarza.

– Jeszcze się spotkamy, kotku – Rachamim-Litość odwrócił głowę – i następnym razem to będzie jeszcze mniej przyjemne.

Kurwy, pomyślał sobie Awigdor. Wszystko obgryźli, a strach akurat zostawili w całości. Przyjemna muzyka nadal rozlegała się w tle, a białe ściany jaśniały czystością, oprócz kawałka muru, na którym zanotowano pospiesznie czarnym graffiti – „precz z integracją – niech złoczyńcy powrócą do piekła”.

Arkadij Hilve jedzie piątką

– Skurwysyn – wycedził grubas na przystanku autobusowym i z całej siły walnął pięścią w ławkę pod sobą.

Arkadij dalej przeglądał zdjęcia w gazecie, kompletnie ignorując wypowiadane wokół niego słowa. Czas mijał powoli. Arkadij nienawidził czekania na autobus.

– Skurwysyn – powiedział znowu gruby, tym razem na cały głos, i splunął na chodnik prosto pod nogi Arkadija.

– Mówisz do mnie? – zapytał Arkadij, czegoś zaskoczony, i podniósł wzrok znad gazety, żeby napotkać nabiegłe alkoholem spojrzenie grubego.

– Nie, mówię do własnej dupy – wrzasnął gruby.

– Aha – powiedział Arkadij i wrócił do gazety. W gazecie było kolorowe zdjęcie sterty posiekanych ciał na placu Magistrackim. Arkadij dalej przerzucał gazetę, zmierzając w stronę dodatku sportowego.

– Jasne, że do ciebie mówię, gnojku. – Grubas wstał z ławki i stanął nad Arkadijem.

– Aha – powiedział Arkadij – tak mi się wydawało na początku, ale powiedziałeś, że...

– Nieważne, co powiedziałem, śmierdzący Arabusie!

– Rosjaninie – Arkadij pospieszył ukryć się za niezaatakowaną na razie gałęzią rodziny – moja mama przyjechała z Rygi.

– Jasne – powiedział niedowierzająco gruby. – A ojciec?

- Z Nablusu - poinformował Arkadij i wrócił do gazety.

- Dwie zarazy w jednym - warknął gruby. - Czego oni jeszcze nie wymyślą, żeby nam ukraść pracę.

W gazecie było zdjęcie zwęglonych kurdyjskich karłów wyskakujących ze szpary olbrzymiego tostera i zaciekawiony Arkadij pożałował przez chwilę, że przysiągł sobie nie czytać podpisów pod zdjęciami.

- Wstań - rozkazał tamten, kiedy sfrustrowany Arkadij dotarł wreszcie do działu sportowego. Było tam zdjęcie Murzyna zawieszonego na obręczy kosza, a dziesiątki młodych tańczyło dookoła niego, machając czerwonymi chorągiewkami. Arkadij nie oparł się pokusie i zerknął na tytuł nad zdjęciem: „Proces odmładzania drużyny Hapoel na pełnych obrotach".

- Powiedziałem ci, wstawaj - powtórzył gruby.

- Ja? - zapytał Arkadij. - Nie za...

- Tak, ty - potwierdził.

Arkadij wstał. Zanim się wyprostował, zdążył podczas kolejnego sprzeniewierzania się własnym zasadom zarejestrować, że zawieszony na koszu Murzyn, przed załapaniem się do Usyszkin, zagrał dwa sezony w zespole Karoliny Północnej. Była piąta, a autobus jeszcze nie przyjechał. W przemówieniu radiowym premier obiecał rzeki krwi, a gruby był od niego wyższy o głowę. Arkadij kopnął go kolanem w jaja i poprawił od razu uderzeniem żelaznego pręta schowanego między stronami gazety. Gruby padł na ziemię i zaczął wyć:

- Arabowie! Rosjanie! Ratunku!

Arkadij przyłożył mu jeszcze raz prętem po głowie i wrócił na swoją ławkę. Autobus przyjechał siedem minut po piątej.

– Co z nim? – Kierowca wskazał głową leżącego na chodniku grubego.

– On nie jedzie – powiedział Arkadij.

– To jeszcze widzę – odpowiedział kierowca – ale może trzeba mu pomóc albo co?

– To epileptyk – wyjaśnił Arkadij – najlepiej go nie ruszać.

– Jeśli to epileptyk, to skąd tyle krwi? – badał kierowca.

– Czy ja wiem? – Arkadij wzruszył ramionami. – Z przemówienia premiera w radiu.

Schował z powrotem do kieszeni bilet miesięczny i usiadł z tyłu obok zajętego rozwiązywaniem krzyżówki staruszka w berecie i okularach.

– Palant – powiedział staruszek.

– Gra zespołowa (sześć liter) – wyrecytował głośno Arkadij.

– Ktoś w ogóle mówił do ciebie, śmierdzący Arabusie? – rzucił od niechcenia staruszek.

– Ulubione pytanie policjantów (41 liter bez spacji) – odpowiedział bez wahania Arkadij.

– Nieźle jak na czarnucha – mruknął staruszek z uznaniem.

– Lubię krzyżówki – odpowiedział Arkadij i pochylił skromnie głowę.

Kiedy dojechali do przystanku Arkadija, stary zdjął z głowy beret i urwał rzemyk, co dyndał się z tyłu.

– Weź, młody człowieku, weź prezent ode mnie.

– Dziękuję, dziadku.

Arkadij wziął nakrycie głowy i zszedł ostrożnie na chodnik. Gdy autobus oddalił się, Arkadij mechanicznie wrzucił czapkę do zielonego kubła na śmieci, a sam padł płasko na ziemię. Wybuch nastąpił po kilku sekundach i zasypał go śmieciami. Arkadij pospieszył do wyłożonego marmurem budynku, w którym mieszkał z rodziną, raz-dwa wszedł po schodach i zasapany dotarł na dach. Siedziała tam pod namiotem babcia Natasza i oglądała reklamy w telewizji. W jednej pokazywali blond modelkę w bikini płynącą stylem grzbietowym rzeką krwi spływającej wzdłuż ulicy Arlozoroff.

- To nie jest naturalny blond - poskarżyła się babcia Natasza wpatrzona w blondynkę - ona jest tleniona.

Mama weszła do namiotu, dzierżąc w ręku kosz z praniem.

- Gdzie byłeś? - spytała gniewnie. - Szukaliśmy cię od rana. Ci wariaci z planem parkingu ukrzyżowali dzisiaj dziadka na Centralnym Dworcu Autobusowym.

Arkadij wyobrażał sobie, w jaki sposób zerżnąłby modelkę z telewizora.

- Chcę, żebyś poszedł na pogrzeb, a nie, jak nam uciekłeś z pogrzebu ojca, słyszysz?

Było mu wszystko jedno, że ma farbowane włosy, podobała mu się.

- Arkadij? Słuchasz w ogóle, co do ciebie mówię? - zdenerwowała się matka i zaczęła kląć po rosyjsku.

- Do mnie mówisz? - spytał Arkadij, zerkając na nią przelotnie.

- Nie, do Pana Boga - odpowiedziała i wróciła do przeklinania.

- Aha - powiedział Arkadij i wrócił do oglądania telewizji. Obraz na ekranie skoncentrował się teraz na dolnej części ciała modelki. Lśniąca krew opływała je, nie przyklejając się. Był też napis nad nią z logo magistratu, ale Arkadij oparł się pokusie i nie przeczytał.

Bez polityki

W kącie tarasu, pod poplamionym zdjęciem Demisa Roussosa, siedział jakiś nieznany nikomu łysy facet o podejrzanym wyglądzie, jadł oliwki i pestkami próbował trafiać do kubłów na śmieci stojących na podwórzu.

– W mojej kawiarni wolno rozmawiać o wszystkim oprócz polityki – upomniał Rumun stolik przy drzwiach. – Plotkujcie, mówcie o sporcie, nawet o seksie, tylko nie o polityce. To psuje wszystkim apetyt.

Opowiadają, że kiedyś, zaraz po otwarciu kawiarni, gdy w kraju byli jeszcze Anglicy, jakiś rewizjonista nazwał Ben Guriona kurduplem i taka się zrobiła zadyma, że ani jeden stół nie został cały.

– Jeśli o mnie chodzi, to seks też psuje mi apetyt, a poza tym nikt tu nie przychodzi dla jedzenia – zrzędził po cichu Dawidow, ale inni uszanowali wolę Rumuna i zaczęli rozmawiać o komarach, które dokuczały wszystkim oprócz żony pana Micenmachera, bo do niej to nawet one bały się zbliżyć. Łysy w kącie głośno kaszlnął, dramatycznie, a kiedy wszyscy spojrzeli na niego, zaczął mówić.

– Wszystkie partie to tchórze i oszuści, możecie mi wierzyć – powiedział głośno. – Popatrzcie na przykład na religijnych, całe państwo robią w dupę, a potem jeszcze śmieją się w nos.

W kawiarni zapadła cisza, a zza ekspresu dobiegł dźwięk tłuczonego szkła.

– Rumun stłukł jeszcze jedną szklankę – zarechotał z uciechą Dawidow.

– Chwileczkę, mam rację czy nie? – ciągnął łysy zaczepnym tonem, machając na potwierdzenie gazetą, schowaną dotąd pod serwetką. – Akurat dzisiaj piszą w gazecie o jakimś milionie dolarów przekazanym nieistniejącej jesziwie, to znaczy fikcyjnej, a w tym samym czasie ludzie, co urabiają sobie ręce po łokcie, mieszkają w namiotach...

– Drogi panie, jedno z niepisanych praw tego miejsca mówi, że nie zajmujemy się... – zaczął pan Micenmacher w stylu, który przyswoił sobie, kiedy jeszcze pracował w Ministerstwie Spraw Wewnętrznych.

– Uspokój się, Micek, daj się człowiekowi trochę wypowiedzieć. – Dawidow położył mu rękę na ramieniu, ukrywając złośliwy uśmieszek.

Łysy kiwnął mu ręką w geście podziękowania, zjadł jeszcze jedną oliwkę, splunął pestką z tarasu i mówił dalej.

– I to nie tylko religijni, wszyscy tak robią. Nasz rząd jest skorumpowany... – Rumun ukazał się za kontuarem i zaczął kroczyć w stronę łysego, opierając się o mijane stoły, czoło miał czerwone i spocone, a cienkie ramiona wydawały się owłosione bardziej niż zazwyczaj. – Możecie być pewni, że gdyby to ode mnie zależało, zarżnąłbym wszystkich stu sześćdziesięciu posłów do Knesetu – ciągnął dalej zaczepnie łysy.

– Ale jest tylko stu dwudziestu – podgrzał atmosferę Dawidow.

– Najpierw zarżniemy czterdziestu – zaśmiał się łysy – a jak mianują na ich miejsce nowych, przyłożymy wszystkim stu dwudziestu.

– Proszę natychmiast opuścić lokal – rozkazał Rumun załamującym się głosem, twarz miał pokrytą ciemną szczeciną, której nikt dotąd nie zauważył.

– O co ci chodzi, dziadku? – wycedził łysy, wkładając do ust kolejną oliwkę. – Rozmawiamy sobie troszkę o polityce, no i co z tego? Przecież żyjemy w tym kraju, to co, nie wolno słowa powiedzieć?

– Żądam, żeby pan w tej chwili i natychmiast opuścił to miejsce – wycharczał Rumun, cały spocony, wsparty o poręcz krzesła, a krople potu skapywały mu z zarośniętego czoła na gęstą brodę.

– Tu stanie się coś strasznego – wybełkotał pan Micenmacher, ponownie próbując wstać.

– Naprawdę, Micek, siądź i zjedz swoje lody, zanim się zupełnie rozpuszczą – powiedział Dawidow rozkazującym tonem, sadzając pana Micenmachera z powrotem na krześle.

– Kłopot naszego państwa polega na tym, że są tacy ludzie jak ty – ciągnął łysy i wcisnął Rumunowi w kieszeń fartucha pestkę oliwki – przyzwyczajeni żreć gówno i kłaść uszy po sobie. Wierz mi, gdybyście otworzyli mordy trzydzieści lat temu, nie byłoby dzisiaj w Knesecie tych wszystkich kolesiów.

Oparcie krzesła złamało się pod ciężarem Rumuna, ale on stał nadal, warcząc z cicha i tocząc pianę z ust.

– Te wszystkie przekręty już wtedy się zaczęły. Każdy, kto zna trochę historię, powie ci, że Ben Gurion...

– Hu-hu – wykrzyknął niby ostrzegawczo Dawidow. Rumun wydał mrożący krew w żyłach pomruk, dał susa i jego siekacze wygryzły kawał mięsa z ramienia łysego. Wszystko trwało chwilę. – Słowo daję, od czasu tego faceta, który mówił o embargu na Sukkot przed dwoma laty, nie widziałem Rumuna tak rozjuszonego - zaśmiał się Dawidow.

- Wstydź się - skarcił go pan Micenmacher i podszedł, żeby pomóc Rumunowi, który siedział na ziemi, zakrywał usta nasiąkniętym krwią fartuchem i łkał cicho.

- Nie wiem, co mi się stało, zachowałem się jak bydlę - skarżył się Rumun. - Mam to jeszcze z Transylwanii, zawsze kiedy mowa o polityce... - Rozpłakał się na dobre.

- Wiem, wiem. - Pan Micenmacher głaskał go uspokajająco po głowie. - A ty - zawołał do Dawidowa, który właśnie dzielił się wrażeniami z resztą siedzących przy stoliku - pochowaj na podwórzu tego nieszczęsnego pechowca.

- Jeszcze nie skończyłem kawy - próbował się wykręcić Dawidow - niech go ktoś inny pochowa.

Pan Micenmacher spojrzał na niego z wyrzutem.

- Już dobrze. - Podniósł się z krzesła. - Tylko żebym sobie nie zaplamił koszuli Lacoste'a, kupiłem ją tydzień temu - syknął i zakasał rękawy.

Arab z wąsami

Do autobusu wsiadł Arab z wąsami. Nawet gdyby nie było w nim nic arabskiego, nawet jakby wcale nie był Arabem, od razu mógłbyś to poznać po wąsach. Włosy z wąsów Arabów kierują się zawsze w dół, podczas gdy włosy z wąsów zwykłych ludzi kierują się przeważnie na boki. Arab trzymał w ręku wielki kosz, szedł przejściem do tyłu, a skupiał się cały czas na drodze z przodu, jakby to on prowadził (Nawa mówi, że Arabom nie wolno prowadzić samochodów, a jeśli już im się pozwala, to tylko peugeoty, bo mają bardziej miękką blachę). Więc on sobie idzie przejściem na tył, nie zwracając na nikogo uwagi, i nagle nadepnął mi na nogę (na nogę, nie na but, na samą nogę), wrzeszczę więc na niego: „Patrz, gdzie idziesz, ty śmierdzący Arabusie" i dodaję: „skurwysynu od jebanej matki" (gdyby mu jeszcze było mało). Arab wstawił taką lizusowską arabską bajerę, z „b" zamiast „p", ciągle przepraszał, pocałował mnie w rękę, a ja tu w strachu, że w koszu ma rzeźnicki nóż, wyjmie i mnie zasztyletuje. Należę do tego typu ludzi, którym zawsze przytrafiają się takie rzeczy, takie zasrane szczęście, co się przykleiło od dzieciństwa. Mój ojciec mawiał, że to nie szczęście i się nie przykleja, ale że to wszystko jest w genach i trzeba tylko trochę pouczyć się historii rodziny, żeby zobaczyć, że to rodzina matki – chronicznie stukniętych od co najmniej pięciu pokoleń. A matka odpowiadała mu: „A ja jestem najbardziej stuknięta ze wszystkich, skoro trafił mi się taki mąż jak ty". A ojciec odpowiadał: „No, no, no, strasznie śmieszne". Ale oni już więcej tych numerów nie robią. Od lat już nie żyją. Od dawna. Od trutki na szczury. Nawa powiedziała, że to strasznie śmieszne umrzeć od trutki na szczury, przez cały pogrzeb sikała ze śmiechu, jeszcze jak sikała, spodnie miała mokre. Tylko czekam, jak jej rodzice umrą, nieważne na co, nawet na atak serca, ale numer jej wykręcę na cmentarzu. Więc ten Arab powtarzał: „Bszebraszam, bszebraszam, bszebraszam", a te całe wąsy dźgały mnie w rękę. Z drutu mają te wąsy. Z tego strachu mówię: „Spadaj mi stąd, śmierdzielu", to on poszedł i usiadł z tyłu autobusu. Oni zawsze siadają z tyłu, żeby przez całą drogę człowiek musiał się zastanawiać, czy przemycił ze sobą nóż, czy nie i obracać się cały czas do tyłu, aż mu się łeb ukręci. A oni nigdy nie przemycają. Jagniątka niewinne, a potem komu łeb odpada? Ludziom jak ja albo ty, a oni wychodzą czyści. „To wszystko przez to, że nie jesteśmy z nimi dość twardzi", rzucam do jednego przystojniaka, co usiadł naprzeciwko mnie tyłem do kierunku jazdy. Lepiej się z nim zaprzyjaźnić, żeby mnie przestrzegł, jeśli Arab z tyłu wyciągnie nóż z kosza. Ale to był po prostu jakiś antypatyczny facet i zaczął krzyczeć, że wszyscy są kurwy i zostaniemy państwem rasistów. Krzyczał i przeklinał, a potem znowu krzyczał, ślina mu ciekła z gęby jak szaleńcowi. A wszystko, co mówił, było kompletnie od rzeczy. Powiedzieć o mnie, że jestem rasistą/ką, to najgłupsza rzecz na świecie. Tak jak powiedzieć o brzoskwini, że jest debilem, albo o halogenie, że ma syfiaste życie. To nie ma jedno z drugim nic wspólnego. Nie mam opinii na temat rasizmu czy polityki, tak jak nie mam opinii na tematy w rodzaju szowinizmu czy feminizmu. Opinii - nigdy, przenigdy, u mnie to zasada. Do opinii trzeba mieć wyraźne poglądy. A ja? Jak dojdzie do pogrzebu rodziców Nawy i przyjdzie sikać ze śmiechu, nie będę nawet wiedzieć, gdzie pokaże się plama na spodniach.

Dziewięćdziesiąty

W telewizji powiedzieli, że sąd wojskowy orzekł wyrok śmierci na Araba, który zabił żołnierkę, i sprowadzili różnych ludzi, żeby o tym rozmawiali, i dlatego wiadomości skończyły się o dziesiątej trzydzieści, i nie dali *Detektywów nocą*. Tata bardzo się tym zdenerwował i zapalił w domu swoją śmierdzącą fajkę, mimo że mu nie wolno, bo ja od tego przestaję rosnąć. Krzyczał na mamę, że przez nią i przez takich wariatów jak ona, co głosowali na Odrodzenie, nasz kraj będzie wyglądał jak Iran, który jest krajem, skąd przybyli wszyscy Persowie. Tata powiedział, że drogo za to zapłacimy, zwłaszcza naszą wrażliwością moralną - co nie jestem pewien, czy rozumiem, co to jest, więc również Amerykanie nie pominą tego milczeniem.

Następnego dnia w szkole zrobili nam rozmowę na ten temat i Syjon Szemesz powiedział, że jak się wiesza człowieka, to staje mu kutas jak w „różowych" filmach, więc nauczycielka, Pani Cyla, wyrzuciła go z klasy i wytłumaczyła nam, że w sprawie kary śmierci opinie są podzielone i że to sprawa, która jest w sercu. I Cachi Cymbał, który już dwa razy siedział w tej samej klasie, zaśmiał się i powiedział, że to sprawa w sercach Arabów, które przestaną bić, a dlaczego? - bo powieszą ich za gardło, więc pani jego też wyrzuciła. Pani powiedziała, że nie zamierza wysłuchiwać więcej bzdur i że będzie kontynuowała normalne lekcje, i zemściła się na nas, i mnóstwo zadała.

Po szkole starsi chłopcy dyskutowali, czy jeśli się kogoś wiesza, to on umiera, bo jest uduszony, czy dlatego, że ma złamany kark. A potem założyli się o torebkę napoju czekoladowego, złapali kota i powiesili go na słupku od koszykówki, i kot strasznie wrzeszczał, a na koniec naprawdę złamał mu się kark. Ale Miki, skąpiradło, nie chciał kupić czekolady, bo powiedział, że to dlatego, że Gabi specjalnie mocno szarpnął kotem, i że on chce zobaczyć to jeszcze raz na nowym kocie, tylko żeby go już więcej nie ruszać. Ale wszyscy wiedzieli, że to dlatego, że jest skąpy, i zabrali mu pieniądze siłą. A potem Nissim i Ziw chcieli pobić Syjona Szemesza za to, że jest kłamcą, bo kotu wcale kutas nie stanął. A Michal, która jest chyba najładniejszą dziewczynką w naszej szkole, przechodziła tamtędy przypadkiem i powiedziała, że jesteśmy wstrętni i w ogóle jak zwierzęta, a ja sobie poszedłem i wyrzygałem się z boku, ale wcale nie przez nią.

Bóg-Karzeł

Na początku przyjęcie trochę siadło i Bóg-Karzeł zaczął wyczyniać rozmaite hokus-pokus, żeby goście nie pouciekali do domów i nie zostawili go całkiem samego. Wziął trzy małe kulki i rozpoczął pokaz żonglerki, wykonując nimi jedną po drugiej serię wspaniałych sztuczek. I część wychodzących już gości zdjęła płaszcze i usiadła, żeby obserwować Boga-Karła u szczytu możliwości. Teraz żonglował już nie trzema, ale czterema kulkami. Wyrzucał je po idealnym geometrycznym łuku, chwytał zza pleców i między nogami. Potem wprowadził piątą kulkę, a publiczność wstrzymała oddech. Ale on nie poprzestał na tym, tylko dorzucał jeszcze kulkę, jeszcze sto, jeszcze miliard, i z zamkniętymi oczami udawało mu się żonglować trzema miliardami kul w powietrzu, tak że żadna nie upadła na ziemię. A kiedy żonglował już dwudziestoma milionami trylionów kul, udało mu się jeszcze balansować z pełną szklanką piwa postawioną na czole i nie uronić nawet kropli. I wszyscy ci pyszałkowaci goście, którzy cały czas wypowiadali uwagi w rodzaju: „Wielkie mi mecyje, ja też tak bym mógł", albo: „Widziałem raz w Vegas Murzyna, co z palcem w dupie to robił", musieli przyznać, że jest on wyjątkowy. Na koniec ulżyło wszystkim - gościom ze względu na rozgrzewający spektakl, nam ze względu na świat, który nam się tym sposobem stworzył, a Bóg-Karzeł nie musiał zostać sam.

Plaga pierworodnych

W końcu czerwca, po pladze żab, rozpoczęło się masowe opuszczanie doliny. Ci, którzy mogli sobie na to pozwolić, woleli pozostawić zarządcę majątku, zabrać rodziny i rozpocząć długą podróż do Nubii, żeby tam przeczekać, aż opadnie gniew Boga Hebrajczyków i przestanie zsyłać swoje plagi. Jednego ranka ojciec wziął Abdu i mnie na główną drogę i razem obserwowaliśmy w ciszy wydłużający się sznur wozów. Ojciec miał już zawrócić, kiedy Abdu zebrał się na odwagę, by zapytać o to, o co ja lękałem się zapytać.

– Ojcze, dlaczego i my nie zabieramy się z nimi? Przecież należymy w dolinie do bogaczy, dlaczego nie ustanowisz zarządcy naszych pól i nie wyjedziemy?

Ojciec wpatrzył się w Abdu, delikatny uśmiech wypłynął mu na wargi.

– Dlaczego mielibyśmy uciekać, Abdu? Ty także lękasz się Boga Hebrajczyków?

– Nie lękam się żadnego człowieka ni boga – odparł Abdu z gniewem. – Jaki by przede mną nie stanął przeciwnik, zetnę go moim mieczem! Ale te plagi na nas zsyłane zsyłane są z nieba i nie widać żadnego śladu wroga, którego mógłbym zaatakować. Dlaczego nie dołączamy do jadących do Nubii? Skoro nie stoi przed nami uzbrojony wróg, nie ma co zostawać tu, w królestwie faraona.

– Prawdę rzekłeś, więc właśnie dlatego chytrym i okrutnym bogiem jest Bóg Hebrajczyków. Jego samego nie można zobaczyć, ale straszne są jego plagi - powiedział ojciec, uśmiech miał trochę wyblakły. - Musisz zrozumieć ślubowanie, co wiąże mnie z ziemią i powstrzymuje od wysłania naszej rodziny do Nubii.

- Ślubowanie? - zdumiał się Abdu. - Jakie ślubowanie?

- Ślubowanie, jakie złożyłem przed wieloma laty, jeszcze przed twoim narodzeniem - odrzekł ojciec, a lekki uśmiech przemknął po jego twarzy. Złożył wierzchnią szatę i usiadł na ziemi ze skrzyżowanymi nogami. - Siądźcie wraz - powiedział, klepnąwszy w ziemię - a opowiem wam o nim.

Abdu usiadł po prawicy ojca, a ja po lewicy. Ojciec podniósł grudkę ziemi, roztarł ją w dłoni i począł opowiadać.

- Wiecie, że korzenie moje nie z ziemi żyznej plonami. Po zaślubieniu waszej matki zmuszony byłem pozostawić ją w domu krewnego i wyruszyć z moim starszym bratem do obcych krain, gdzie z ziemi płynie czarny olej. Cztery lata upłynęły nam na tęsknocie i tułaczce, a przez te lata zarobiłem na handlu mnogi pieniądz. Po ich upływie osiadłem w Egipcie. Zabrałem do siebie waszą dobrą matkę, co nie przestała mnie oczekiwać, i nabyłem kawałek ziemi tu, w dolinie. W dniu, kiedy zakończyłem budowę naszego domu, złożyłem dwa ślubowania. Jedno - że nigdy nie porzucę tej doliny, a drugie - że uczynię wszystko, co w mojej mocy, by uniknąć następnej rozłąki, nawet tymczasowej, z moją rodziną.

Ojciec posmakował pyłu, co został mu na dłoni, podniósł głowę i spojrzał w oczy Abdu.

- Już w młodości wiedziałem, że z rodziną jest jak z rośliną - jeśli oderwiesz ją od korzeni, uschnie. Jeśli rozdzielisz ją na kawałki, umrze. Ale jak zostawisz ją w ziemi całą, ni bóg, ni wiatr nie dadzą jej rady. Zrodzi się z ziemi i umrze wraz z nią.

Po tej rozmowie z ojcem poczuliśmy się silni i niezwyciężeni. Znaliśmy sekret naszej siły i strzegliśmy go zazdrośnie. Kolejne plagi tylko nas wzmacniały i jednoczyły. Iskaliśmy sobie nawzajem wszy, pielęgnowaliśmy rany innych członków rodziny. Rankiem po pladze gradu udało nam się nawet przywieść na usta uśmiech, gdy zobaczyliśmy zdumioną twarz Abdu obudzonego właśnie z głębokiego nocnego snu, którego nawet bryły gradu zrzucone na nas przez Boga Hebrajczyków nie zdołały przepłoszyć. Tak przetrwaliśmy dziewięć plag poranieni, ale bez większego uszczerbku. Aż pod koniec sierpnia przyszła plaga pierworodnych.

Obudziły mnie w środku nocy krzyki w sąsiedztwie i wybiegłem z domu. Wszyscy już tam byli, oprócz Abdu. Samira, która mieszka dokładnie naprzeciw nas, wytłumaczyła nam, wśród krzyków i płaczu, co się wydarzyło. Pobiegliśmy w trwodze do pokoju Abdu. Ojciec wszedł pierwszy, ja z matką za nim. Abdu leżał rozpostarty na łóżku z zamkniętymi oczami.

– Synu – szepnął ojciec zdławionym głosem i z opuszczoną głową. – Mój pierworodny – i po raz pierwszy w moim życiu zobaczyłem łzy w jego oczach. Łzy zaczęły się pokazywać również w moich oczach i bardziej jeszcze, niż płakałem nad mym bratem, płakałem nad cierpieniem ojca. Przez swoje łzy dostrzegł ojciec mój płacz. Otarł oczy skrajem szaty i zbliżył się do matki i do mnie. Objęły nas jego mocne ramiona. Nawzajem zraszaliśmy sobie twarze, a nasze łzy łączyły się w jeden płacz.

- Okrutny jest Bóg Hebrajczyków - ojciec nadal szeptał, jakby obawiał się zakłócić głośniejszą mową spoczynek Abdu - ale nas nie pokona.

- Może on nie umarł? - zapytała matka. - Może on tylko we śnie pogrążony?

- Fatma, proszę - szepnął ojciec i złożył miękki pocałunek na jej czole - nie uchodź od nas w świat ułudy. Wiele powiedziano o Bogu Hebrajczyków, ale nie, że jest stronniczy...

- On nie umarł - krzyknęła matka. - Nie może być, że umarł, on przecież... śpi, on śpi.

Wyrwała się z naszych objęć i podbiegła do łoża Abdu.

- Wstań, synu! - krzyczała i ciągnęła go za sukmanę. - Wstań!

Abdu rozwarł oczy w przerażeniu i wyskoczył z leża.

- Co się stało? - zapytał zmieszany.

- Cud, mój synu - powiedziała matka i uścisnęła go, wzrok kierując ku ojcu. - Stał się wielki cud.

Matka puściła oszołomionego Abdu i podeszła do ojca, który stał ze spuszczoną głową w kącie pokoju.

- Czyś widział? - szepnęła. - Wielki cud nam się przydarzył. Ogrzał się litością dla nas Bóg Hebrajczyków i zmiłował się nad naszym synem.

Ojciec uniósł głowę. Ból, co w nim mieszkał chwilę wcześniej, zamienił się w powstrzymywany gniew.

- Bóg Hebrajczyków żadnej litości czy łaski dla nas nie zastrzega - wycedził głosem nabrzmiałym od gniewu. - Tylko prawda. Tylko prawda.

Jego zamglone krwią oczy były jak dwie bryłki gradu, a jego wzrok przyprawił mnie o bojaźń większą niż wszystkie dziesięć plag razem wzięte.

– O co się gniewasz? – spytała matka. – Wszak powinieneś się cieszyć, nasz Abdu żyje...

– Bo nie jest twym pierworodnym – przerwał jej ojciec. Zamachnął się, jakby miał matkę spoliczkować, ale jego ręka zamarła w powietrzu.

Matka przypadła mu do nóg i wybuchnęła płaczem, niczym rażona niewidzialnym ciosem. Pozostawaliśmy tak wszyscy czworo bez ruchu, trwając w miejscu jak drzewo cedrowe na chwilę przed ścięciem.

– Zatem okrutny jest Bóg Hebrajczyków – powiedział ojciec, odwrócił się i wyszedł z pokoju.

Niekompletny seder*

Pamiętam ten dzień, kiedy przyszli powiedzieć mamie, że tata nie żyje. Miałem wtedy siedem lat. To był ktoś z taty oddziału. Przyszedł sam, w mundurze polowym, z wypchanymi kieszeniami spodni. Byłem pewien, że chowa w nich mnóstwo prezentów. Żołnierze zawsze mają pełno niespodzianek w kieszeniach. Nie przygotował mamy wcale, nawet nie poprosił, żeby mnie wyprowadzono z pokoju. Po prostu usiadł zawstydzony na kanapie i zaczął mówić. W trakcie opowiadania nie patrzył mamie w oczy, a jego głos był ledwie słyszalny. Wyglądał jak dziecko, które tłumaczy się z czegoś złego, co zrobiło.

- Jechaliśmy razem jeepem i Michael poprosił, żeby się zatrzymać, bo chciał się wysikać.

Słowo „wysikać" powiedział zupełnym szeptem.

- Zatrzymałem jeepa i Michael zszedł z drogi. Przeszedł cztery kroki, policzyłem. Raz, dwa, trzy, bum. Wszedł na minę.

Wstał z kanapy, spojrzał przez chwilę na mamę.

- Przepraszam - wymamrotał, a drzwi, skrzypiąc, zamknęły się za nim.

Nie przytulił mamy, nie powiedział „będzie dobrze", na mnie nawet nie popatrzył, nic. Byłem bardzo rozczarowany, że nie przyniósł mi prezentu. Pewnie niespodzianki z kieszeni były dla innego dziecka.

Mama spojrzała na dywan w salonie, były na nim plamy z błota.

---

* Uroczysta kolacja w wigilię święta Pesach.

– Wniósł nam cały ten brud do domu – powiedziała z gniewem. – Tak ciężko wytrzeć nogi na zewnątrz?

Parę godzin później pojawili się oficer, lekarz i żołnierka, żeby obwieścić tę nowinę. Mama spokojnie poczęstowała wszystkich kawą, podczas podawania zadawała oficerowi różne pytania na temat okoliczności śmierci. Żołnierka powiedziała, że jestem miłym dzieckiem, i zmierzwiła mi włosy. Lubiłem być głaskany. Także dzisiaj tęsknię za dotykiem ręki we włosach, choć nie jest przyjęte mierzwienie fryzur dorosłym. Żołnierka powiedziała, że ma na imię Jael. Poprosiła mamę o pozwolenie zabrania mnie do kina. Mama, zajęta rozmową z oficerem, była zadowolona, że może się mnie pozbyć.

Poszliśmy na popołudniowy seans. Film był o statku, co żeglował dookoła świata. Marynarze na statku mieli niebieskie mundury, tańczyli i śpiewali. Wyglądali na bardzo wesołych. Po kinie spytałem Jael, czy teraz, kiedy tata umarł, jest marynarzem jak ludzie na filmie. Jael powiedziała, że tak i że tańczy i śpiewa cały dzień. Jak trochę podrosłem, zrozumiałem różnicę między aniołem a marynarzem*. Nie gniewałem się na Jael, że skłamała. Nie zawsze trzeba komplikować życie prawdą. Kiedy wróciliśmy do domu, oficer jeszcze tam był, a mama dalej zadawała mu pytania. Lekarz już sobie poszedł. Jael pożegnała się ze wszystkimi i zanim wyszła, pochyliła się i pocałowała mnie. Tak delikatnie, nie jak ciotki. Nawet nie jestem pewny, czy dotknęła mnie ustami.

---

* Po hebrajsku słowa anioł i marynarz brzmią podobnie.

Nazajutrz rano mama mnie obudziła i zaprowadziła na werandę. Urządziła na niej izbę pamięci. Były tam fotografie taty, świadectwa szkolne, listy polecające, wszystko.

- To pokój taty - powiedziała twardo. - W tym pokoju nie wolno niczego dotykać.

Następny tydzień minął strasznie szybko. W dzień odwiedzali nas ludzie. W nocy płakał Jair. Mama wyjaśniła, że to dlatego, że zaczęły mu się wyrzynać zęby. Dziadek Gerszon nie siedział z nami podczas siedmiu dni żałoby. Stwierdził, że nie wierzy w ceremonie. Mamie to strasznie przeszkadzało, ale nic nie powiedziała. Dziadek w ogóle po śmierci taty zaczął się zachowywać bardzo dziwnie. Mama nigdy nie zwracała mu uwagi, poza kolacją pesachową przed jedenastu laty, kiedy dziadek naprawdę przesadził.

Na początku wieczoru czytaliśmy Hagadę. Dziadek czytał głośno tylko te słowa, które brzmiały przyjemnie. „Raban Gamliel... Na co one są... uroczystości pesachowe, pesachowe uroczystości... z cegły i z gliny...". Słuchaliśmy z Jairem cichutko, bo mama obiecała, że jeżeli będziemy się wobec dziadka ładnie zachowywać, wyśle nas latem na najlepsze kolonie. Śpiewaliśmy piosenki, ukradliśmy, jak tradycja nakazuje, afikomana - specjalny kawałek macy na deser, a Jair zadawał tradycyjne pesachowe pytania. Po tym wszystkim Jair zapytał dziadka Gerszona, dlaczego nie można zobaczyć taty, jak przychodzi wypić z kielicha Eliasza. Dziadek wydawał się zaskoczony, oczy zaświeciły mu wilgotno.

- Zabawne z was wnuki, Jair. Mówicie smutne rzeczy, ale nigdy nie uronicie łzy, zupełnie jak wasza matka.

Dobrze, niech ci będzie. - Dziadek zamoczył końce palców w ustach, dwa z oślinionych palców przyłożył pod oczami Jaira i wykreślił na jego kościach policzkowych wilgotne linie.

Jair zerwał się z miejsca przerażony.

- Dziadek sfiksował - krzyknął i wybiegł z pokoju.

Mama wbiła w dziadka mordercze spojrzenie.

- Gerszon, jestem po prostu oszołomiona, gdyby Michael to zobaczył... - Wstała od stołu i wyszła szukać Jaira, trzasnąwszy wściekle drzwiami za sobą.

Zostaliśmy sami z dziadkiem.

Dziadek otarł oczy serwetką, potem wysmarkał w nią nos.

- Twoja matka chciałaby, żeby pamięć twojego ojca została wyryta w naszych mózgach jak w kamieniu. Niezłomny, nieskarżący się na nic, wiecznie ten sam. Gdyby to ode mnie zależało, wyrzeźbiłbym Michaela w maśle i razem obserwowalibyśmy, jak twój ojciec się rozpuszcza. Michael nie postrzegał spraw tak jak twoja matka, wolał pisać swoje życie palcem na wodzie, tworzyć wiry pełne uczuć, a nie wyrzynać przypadkowe fakty na pniach drzew.

Nie zrozumiałem ani słowa z tego, co dziadek powiedział, ale wiedziałem, że drzwi są teraz zamknięte i kiedy przyjdzie prorok Eliasz, nie będzie mógł wejść.

W sederze, jaki robiliśmy rok później, Jair nie brał udziału. Wolał zostać w swoim pokoju aż do wyjścia dziadka. W nocy, przed położeniem się spać, zajrzałem do izby pamięci. Przyglądałem się fotografiom taty, nie dotykałem niczego. Mama weszła cichutko i objęła mnie z tyłu.

– Bardzo się cieszę, że wziąłeś udział w tym posiłku, choć nie można powiedzieć, żeby ta farsa była posilna. Wiem, że to nie było łatwe, dziadek Gerszon może zdenerwować, ja też go nie lubię, ale to ważne dla taty. – Pocałowała mnie w głowę. – Dziękuję, Joaw – szepnęła.

Mnie akurat strasznie się ten seder podobał. Nie był taki długi i nudny jak w innych domach, bo dziadek czytał tylko te ładne słowa z Hagady. A ponieważ Jair nie brał udziału, ja mogłem przeczytać „trudne pytania”*, wszystkie cztery. Raz, dwa, trzy, bum.

Lata płynęły, tak jak to się dzieje z czasem. Nieoczekiwany splot przypadków. Mama powiedziała, że ojciec by chciał, żebym został inżynierem. Ja raczej wolałem być ogrodnikiem. Zarobki są nie mniejsze. A kiedy wchodzę do ogrodów, zaskakują mnie zawsze nowym powitaniem.

Zakochałem się w dziewczynie poznanej w wojsku. Ona też mnie pokochała. I za każdym razem, kiedy jej zaspokojone ciało odpoczywało w moich ramionach, zapisywałem swoje imię na wodzie.

Jair wyszedł z wojska trzy miesiące temu. Uczy się teraz na kursie przygotowawczym do testów psychometrycznych. Może w końcu, mimo wszystko, wyjdzie jakiś inżynier z naszej rodziny.

Przed tygodniem, na Dzień Pamięci, szkoła przyjęła imię taty jako swego patrona. Mama ciężko pracowała, żeby to osiągnąć. Cała rodzina poszła na uroczystą akademię i kiedy zdjęto zasłonę z błyszczącej tablicy, dziadek Gerszon nachylił się i szepnął mi do ucha:

---

* Podczas sederu pytanie czyta najmłodsze dziecko w rodzinie.

– W ciągu tygodnia dzieciaki ją zabazgrzą, a jak nie one, sam przyjdę po niej gryzmolić.

– Ccciiii – Jair uciszył go ze złością.

Po uroczystości dziadek zaprosił mnie i Jaira do domu na kawę.

– Chętnie bym przyszedł, dziadku. Ale pękła mi kłódka do roweru. A w takiej dzielnicy jak twoja, jeśli zostawię rower nieprzypięty, zwiną mi go w parę sekund.

– Nic strasznego, spotkamy się na sederze – powiedział dziadek i zaśmiał się zgrzytliwie.

Jair pożegnał się z nami nieco skonsternowany, wsiadł na rower i pojechał. A my z dziadkiem udaliśmy się do jego dzielnicy autobusem.

Autobus był pełen wracających ze szkoły dzieci, jedno z nich ustąpiło dziadkowi miejsca.

– Dziękuję ci, młody człowieku. Jak masz na imię? – zwrócił się do niego dziadek.

– Szlomo – pisnął chłopiec wysokim głosem.

– A do jakiej szkoły chodzisz? – badał dziadek.

– Dzisiaj zmienili nam nazwę szkoły. Ze szkoły Ziemi Odzyskanej na Kirsznera.

– A kto to ten Kirszner? – zapytał dziadek.

– Był dzielnym bojownikiem, który bronił naszej ojczyzny do ostatniej kropli krwi. Jego żona była dzisiaj w szkole, żeby nam o nim opowiedzieć.

– Powiedz, Szlomo – zażądał dziadek Gerszona – kiedy ten Kirszner był dzieckiem, jak myślisz, jak go nazywały dzieci z jego podwórka?

– Pewnie mówili na niego „Mściciel", „Rambo" albo coś w tym rodzaju – obstawił Szlomo.

Dojechaliśmy do naszego przystanku. Wysiedliśmy.

- „Zając"! - krzyknął dziadek Gerszon ze złością.

- Gdzie? - zdziwiłem się.

- Michaela nazywali zając, bo zawsze marszczył nos, żeby poprawić sobie okulary. Tego na pewno matka ci nigdy nie opowiedziała - dziadek dalej krzyczał. - Dlaczego trudzimy się opowiadaniem akurat tych historii, które mówią o człowieku najmniej? Jesteś jego synem i nigdy nie opowiadali ci, jak kradł w sklepiku Lipmana ani z kim się bił. Albo że był mistrzem dzielnicy w kiwaniu. Tylko jak odznaczył się na tym polu chwały albo był bohaterem na tamtym. Michael nie potrzebował walczyć czy się odznaczać. Lubił życie, takie jakie jest, nie odczuwał żadnej potrzeby nienawiści. A poza tym był trochę tchórzem - miał to po mnie. A twoja głupia matka upiera się, żeby go przerobić na legendarnego bohatera.

W domu zaparzył czarną kawę. Widziałem, jak odmierza dokładnie do swojej malutkiej filiżanki trzy i pół łyżeczki cukru. Naprawdę jest trochę dziwny.

Opowiedział, że mama domaga się, by poszedł na obserwację.

- Twoja matka boi się, że ojciec z jej pomnika sam sobie zaszkodzi. - Uśmiechnął się.

A ja opowiedziałem mu o naciskach mamy, żebym poszedł na studia, o tym, że uważa, że tracę czas.

- Wiesz, dlaczego twoja matka cię dręczy? To dlatego, że jesteś jedynym w naszej rodzinie, który lubi życie. Wszyscy pozostali tylko poprzestają na czymś. Twój brat szuka celu w życiu, ale zadowala się rowerem i dziewczyną w łóżku. Twoja matka chciałaby mężczyzny w łóżku, ale zadowala się odremontowaną pamięcią tego jednego.

Ja byłbym zainteresowany pamięcią, ale niestety muszę zadowolić się demencją.

- No, naprawdę, dziadku, myślisz jaśniej...

- Tylko ty... - przerwał mi dziadek - ...niczego nie żądasz i wygrywasz. Jesteś jedynym wśród nas, który wierzy, że życie jest tym, czym jest, a nie tanią tajwańską podróbką czegoś znacznie bardziej udanego. Dokładnie jak Michael. - Dziadek zamilkł na chwilę i wlepił wzrok przed siebie. Po czym zakaszlał zardzewiałym śmieszkiem. - Joaw Kirszner, absolwent gimnazjum - ogrodnik, uważaj, żeby twoja sprawiedliwa matka nie spróbowała zamknąć i ciebie w domu wariatów.

Nikt mnie nie zamknie, dziadku, nie ma potrzeby. Nie muszę wkładać kaftana bezpieczeństwa, żeby sam siebie przytulić. Poszedłem się wysikać, pokonując odległość do ubikacji trzema wielkimi krokami. Raz, dwa, trzy.

Jak nietoperze

Czasem myślę o nim i bardzo wtedy tęsknię. Zwłaszcza po nocach. Nie zasypiam zbyt dobrze. W lecie mi za ciepło, w zimie mi zimno. Nigdy nie jest akurat tak, jak trzeba. Są zwierzęta, co też nie śpią. Ale one w nocy wychodzą na polowanie, a ja w nocy nawet na siku nie wstaję. W nocy nie wstaję nawet do lodówki. Kiedyś mu powiedziałam, że boję się karaluchów. Później przez całe lato, za każdym razem po tym, kiedy się kochaliśmy, brał mnie na plecy i wysadzał w łazience albo ubikacji; obejmowałam go mocno za plecy i docierałam wszędzie, gdzie chciałam, jak taksówką. Mama mówi, że to dlatego mnie zostawił. Dlatego że jestem taka apatyczna, przechodzę przez życie, jakby mi na niczym nie zależało, że wszystkie jego uśmiechy, wszystko, co dla mnie zrobił - a ja ani razu nie powiedziałam, że go kocham, i że to kara za to, że nie potrafię zachować się jak człowiek. Mama mówi, że od małego nie powiedziałam ani razu „dziękuję". Prezenty, które mi przynoszono, zawsze porywałam i uciekałam. Raz nawet ugryzłam naszą sąsiadkę, Metukę, w rękę, bo nie chciała mi dać torebki ze spódnicą, którą dla mnie uszyła, dopóki nie powiem „dziękuję". A Zahawa mówi, że matka, odkąd nie pracuje w ratuszu, tylko kręci się cały dzień po domu, plecie same głupoty i zawraca nam głowę z nudów. Ale mama ma rację. Naprawdę nigdy mu nie powiedziałam, że go kocham, chociaż było nam tak dobrze razem, i może mówię to dopiero teraz, kiedy go już nie ma, ale teraz to już naprawdę bez znaczenia, bo nie ma komu. Najwidoczniej nie można mieć wszystkiego naraz. Tak to już jest. Jak nietoperze. Jeśli umiesz latać - rodzisz się ślepy, a jeśli już widzisz - to jesteś zwykłą myszą w zasyfionej piwnicy. To właśnie dlatego tak mi zależało na mieszkaniu na wysokim piętrze. Bo ich to naprawdę się boję, sto razy bardziej niż karaluchów. Również tego, że mnie ugryzą, ale przede wszystkim ich pisków w ciemnościach. W wojsku, gdzie go poznałam, zostawałyśmy czasem na nocnych dyżurach. Leżałam na polowym łóżku i słyszałam mysie kwilenie. Widziałam cienie poruszające się na ścianach i suficie. Cały czas miałam wrażenie, że to właśnie myszy biegają po suficie i dlatego tak kwilą ze strachu, i że zaraz ktoś zauważy, że to nielogiczne i nie tak, jak powinno być, i przywróci światu właściwy porządek, a myszy pospadają na mnie z góry, prosto do łóżka. I cieszyłam się, że przyszedł i wszedł do mojego łóżka. Naprawdę się cieszyłam. Było mi przyjemnie, kiedy mnie przytulił i czułam na ramieniu ciepłe powietrze, które wydychał, i kwilenie ustało, a ja też nic nie powiedziałam. Teraz z pewnością powinnam pomyśleć o tym, co mi się śni w nocy, ale jak już mówiłam - niezupełnie śnię, bo też nie za bardzo śpię. A Zahawa znowu mówi, że powinnam się wziąć w garść, i jeśli nie przyjdę na cmentarz w rocznicę, to jego rodzice strasznie się obrażą, ale mnie jego rodzice tak znowu nie obchodzą, cały rok minął i nawet nie poczułam, a mama mówi, że to kara z niebios za to, że nie mam dla niczego szacunku, i Zahawa wrzeszczy na nią, żeby się zamknęła. Te groby tutaj są strasznie małe, jakby pochowane w nich były koty albo karły, a wszystkie kwiaty dookoła, piasek i marmur sprawiają wrażenie, że to w ogóle nie groby, tylko donice. Jego grób jest najmniejszy na całym cmentarzu, może najmniejszy na całym świecie. A najładniejszy ze wszystkich gości jest jakiś jego przyjaciel, kapitan, którego wcześniej nie znałam, i który przyszedł w mundurze wojsk lotniczych, chociaż Jotam zmarł jakieś dwa lata po zwolnieniu z wojska, i po zakończeniu uroczystości ten przyjaciel odwozi mnie samochodem do domu i też wchodzi na kawę. Już prawie ciemno i bawię się odznaką jednostki na jego ramieniu. Na niebieskim tle rysunek nietoperza. A on dotyka dość delikatnie mojego karku i mówi: „Cały czas myślę o nim". A ja cały czas myślę, czy zrobi mi dobrze i będę mogła milczeć, czy nic nie poczuję i powiem, że kocham. I cały czas myślę o nietoperzach.

Folia

Sierżant wziął zafoliowany opatrunek Alona i wepchnął go do kubła. Na powierzchni wody pojawiły się pęcherzyki powietrza. Sierżant zignorował je i nadal przyciskał opatrunek do dna z lekceważącym uśmieszkiem na twarzy. Alonowi nie udało się zdławić wewnętrznego poczucia, że sierżant próbuje, bez żadnego powodu, utopić jego opatrunek, jego osobisty opatrunek.

Prąd pęcherzyków ustał. Sierżant wyjął rękę z kubła i pogardliwie przyglądał się mokrym szczątkom.

- To nazywasz foliowaniem, Hasin? W tym plastiku jest dziura wielkości pizdy. - Sierżant przysunął twarz do twarzy Alona. - Widziałeś kiedyś pizdę dziewczyny, Hasin? - spytał głośnym szeptem.

Alon widział kiedyś pizdę dziewczyny, widział nawet wiele razy, tyle że to nagie i kochane ciało nie kojarzyło mu się nigdy z takim słowem.

- Zadałem ci pytanie, Hasin.

Alon poczuł, jakby sierżant wdzierał mu się do mózgu i wywlekał stamtąd jej ciało wbrew jej woli, wbrew jego woli. Nie pozwoli mu zniszczyć również tego. Nie.

- Nie słyszę cię, Hasin.

- Nie, panie sierżancie.

- Nic strasznego, to nie twoja wina, że urodziłeś się niedorobiony. Poproś ładnie swoją matkę, to ci pokaże, skąd wyszedłeś. Ej, Lugazi, ja, gdybym miał taką gębę jak twoja, tobym się nie śmiał.

Sierżant pochylił się znów do Alona i utkwił w niego sępie spojrzenie.

- Czy mi się wydaje, Hasin, że ty naprawdę płaczesz?

- Nie, panie sierżancie.

- Hasin, nędzny z ciebie człowiek, nędzny żołnierz i z nędznej folii - sierżant teraz krzyczał, a krople śliny z jego ust opryskały Alonowi twarz. Ich dotknięcie było żrące jak kwas. Kwas żrący wszystko. - Nie mogę zrobić z ciebie mężczyzny, tego nawet Pan Bóg nie byłby w stanie. Ale zrobię z ciebie żołnierza. Jutro rano chcę zobaczyć każdą parę twoich majtek i każdy podkoszulek zafoliowany oddzielnie i tym razem zafoliowany jak trzeba. A wiesz dlaczego, Hasin? - Sierżant jeszcze bardziej podniósł głos. - Bo dobra folia jest nieodłączną częścią dobrego żołnierza! Bogmolski, na pewno się śmiejesz? - sierżant nerwowym podskokiem zwrócił się w stronę Bogmolskiego. - To pasuje do takiego niedorozwiniętego kota jak ty, śmiać się, kiedy wyjaśniam foliowanie. Chciałbym widzieć twój śmiech po przeprawie przez Zaharani, jak całe spodnie będziesz miał pełne błota i arabskiego gówna. A jak będziesz chciał zmienić spodnie i gacie na suche i czyste... - sierżant podszedł do łóżka Bogmolskiego, otworzył leżący na nim plecak i z udanym zaskoczeniem podniósł go na wysokość jego przerażonej twarzy - zobaczysz, że z powodu twojej złej folii one też są mokre, to na pewno też cię, dupku, rozśmieszy chodzenie z toną błota w majtach, jak jakieś dziecko, co narobiło w spodnie.

- Bogmolski zlekceważył to, jak ważna jest folia, i dlatego będzie miał dodatkowe dwie godziny służby tej nocy. Dyżurny, zapisz. Jest tu jeszcze jakiś mądry, według którego folia nie jest ważna? - Sierżant powoli przesuwał wzrok po twarzach żołnierzy oddziału.

Alon nie lekceważył. Folia stała się jedyną szansą ocalenia.

Tej samej nocy Alon zafoliował swoje ubrania. Miał poczucie, że ze sztuki na sztukę idzie mu lepiej. Kiedy skończył owijanie ostatniego podkoszulka, zbadał swoją pracę z zadowoleniem. Był gotów.

Przymknął lekko oczy i zaczął się owijać folią.

Na porannym apelu sierżant był bardziej niż zwykle nerwowy i wlepiał wszystkim kary. Dotarłszy do Alona, złapał go za klapy koszuli, zbliżył usta do jego ucha i krzycząc, powtórzył kilka razy to samo zdanie. Alon wsłuchiwał się w odgłos kropli śliny padających na powierzchnię folii, jego nierówny rytm przypominał mu dźwięk kropli deszczu bijących bez litości w daszek z naciągniętego plastiku. Nie dotknęła go ani odrobina.

Wieczorem został zmuszony do czołgania się przez pięćdziesiąt minut, w trakcie czego miał krzyczeć „Jestem żmija, jestem oszust", bo zapewnił sierżanta, że jego broń jest czysta, a ten znalazł odrobinę oliwy na zamku.

Raz się zdarzyło, że Hasin pomyślał, że folia nie jest doskonała. To było podczas przepustki na szabat, dwa tygodnie przed końcem okresu rekruckiego. Powiedziała wtedy, że wojsko go zmieniło, przeobraziło w kogoś innego, że cofa się przed jej pocałunkami, wykręca od zbliżenia. Jak mógłby jej wytłumaczyć ten syntetyczny smak w ustach, nienaturalne lepkie dotknięcie ciała, to dławiące uczucie? Przez chwilę mu się zdawało, że słyszy syczenie powietrza wydostającego się przez jakąś ukrytą dziurę w plastikowej powłoce. Ale to był tylko szelest drzwi, które za sobą zamknęła. Chciało mu się płakać, ale nie było łez w jego oczach. Na co hermetyczna folia, jeśli i tak jesteś wilgotny od środka?

Spojrzał na siebie w lustrze, na błyszczącą odznakę jednostki, wyjściowy mundur, na brzytwę, którą trzymał w prawej ręce. Przybliżył brzytwę do wystającej na szyi tętnicy.

– Skończyła się unitarka – szepnął – można otworzyć folię.

Tarcza-sylwetka

On jest tam, pięćdziesiąt metrów ode mnie, przerażony śmiertelnie, a zastępca krzyczy:

- Przestań pierdolić, Lugazi, i strzelaj!

- Ale panie dowódco, przysięgam, on się rusza!

- Lugazi, ja jakimś psychologiem wojskowym nie jestem, ale możesz mi wierzyć, że wiem, jak postępować z psychicznymi. Strzelaj albo całe następne dwa miesiące będziesz miał okazję dochodzić do rozumu.

Próbuję zakołysać moim kartonowym ciałem, ale nie drga nawet o milimetr. Wreszcie Lugazi kapituluje i strzela do mnie; zanim kula mnie dosięga, w trakcie celowania znów staję się człowiekiem, a kula przeszywa mnie na wylot i rozdziera. Ułamek sekundy później znowu jestem z kartonu.

- No i co, twój przyjaciel dalej się rusza? - pyta dowódca pogardliwie.

- Nie, panie dowódco. Na pewno kiwał się na wietrze albo cień się przesunął, albo co, widocznie się pomyliłem, panie dowódco.

- Może go zabiłeś - ciągnie zastępca rozbawionym tonem - i dlatego się teraz nie rusza?

- Tak, panie dowódco, przepraszam, panie dowódco, czy mogę dalej strzelać?

- Pewnie, Lugazi, tylko jak zobaczysz, że znowu się rusza czy coś, nie wahaj się, zabezpiecz broń i z miejsca mi melduj - kontynuuje zastępca, a stojący obok plutonowy dławi się ze śmiechu.

– Nie wolno zapominać, Lugazi – kończy zastępca – że również tarcze-sylwetki mają uczucia.

Lugazi przygryza dolną wargę, przymyka oko dla lepszej koncentracji, a ja widzę ciemną czeluść „galila" wprost przed sobą. Gdyby nie wkopano mnie tak głęboko, rzucałbym się na ziemię. Gdyby mi przydzielili płaską kartonową twarz, wołałbym: „Przerwać ogień!".

Lugazi oddaje jeszcze osiem strzałów, sześć z nich trafia we mnie. Przy każdym strzale w powietrze jestem znów z krwi i kości, a przy każdym, który kończy wyszarpaniem we mnie bolesnej dziury, ponownie z kartonu. Kiedy skończył mnie dziurawić, zastępca podchodzi sprawdzić trafienia, znudzony zaznacza kręgi wokół punktów, w których kule rozdarły moje ciało. Gdy tak krąży, widzę w jego klapie identyfikator – „Roni Bochner", a obok napisane „sierpień '84". On także ma rysunek drzewa oliwkowego na pasku od broni. Wszyscy mnie ukradli ten pomysł. Ja byłem pierwszy. Przed chwilą przebito we mnie siedem dziur pełnych odurzającego bólu za sprawą tego oficera-bydlaka, który na pewno rozpoczął unitarkę, kiedy ja już skończyłem kurs dla kaprali, a zaliczył jeden z kursów przygotowawczych jakieś cztery miesiące po tym, kiedy mój jeep wjechał na minę w Libanie. Próbuję odsączyć z mózgu ból i cieszyć się, że to wszystko już za mną, zanim mi się przypomni, że odkąd Raful został szefem Sztabu Generalnego, stosuje się tarcze-sylwetki wielorazowego użytku. Nowy żołnierz przede mną nosi okulary. Boże, spraw, żeby ten okularnik nie został trafiony, żeby nikt nie został. Nie wiadomo, kto zostanie złowiony do innych tarcz, może koledzy z batalionu, być może nawet tacy, co służyli ze mną w jednym plutonie. W naszym poborze nie brakowało przecież zabitych. Obok tego w okularach leży jeden dryblas, który szyje tarczę po mojej lewej stronie. Każdy strzał to dziesiątka. Naprawdę zawodowiec. I modlę się, żeby nie przedziurawił jakiegoś kolegi z jednostki pomocniczej. Okularnik trze teraz policzkiem o kolbę, przymyka oko. Demonstruje, że on i wyrośnięty trzymają broń, wygląda mi, że trafiliśmy na jednostkę strzelecką. Gdybym przynajmniej wiedział, że ten na tarczy po mojej lewej to jakiś spadochroniarz albo żołnierz z Giwati*, przeleciałyby mi choć jakieś żarty przez kartonową głowę. Ale coś w środku mówi mi, że nie, że to jest specjalne piekło dla Golańczyków*. Okularnik pociąga delikatnie za cyngiel i obrywam jeszcze raz w głowę.

* Giwati, Golani – nazwy elitarnych jednostek wojskowych.

Chodź, zostańmy na poziomie metafory

Na stole pokrytym laminatem było dwieście pięćdziesiąt gramów orzeszków pistacjowych w brązowej papierowej torebce, potem dwieście, potem sto dziesięć, potem siedemdziesiąt. Leżała też na nim książka bez obrazków pod tytułem *Zdobywanie szczęścia*, w środku w książce był bilet wizytowy księgarni w Raananie, z dedykacją zapisaną na odwrocie. Ten, co mu przyniósł książkę, nie wpisał się do niej, żeby można ją było wymienić w sklepie, jeśli zechce. Na stole był też tusz, taki żółty, którym można coś podkreślać, oraz kaseta sześćdziesięciominutowa, na której nic nie było napisane ani nie można jej było posłuchać, bo magnetofon nie działał.

Na stole spoczywał też pistolet, który kupił w kąciku sportowym wojskowej kantyny, i wstrętny plastikowy kwiatek w ohydnych słonecznych okularach, który powinien się poruszać, kiedy mu puścić muzykę.

Miał też japoński nóż, tyle że nie leżał na stole, ale w szufladzie, lecz w każdej chwili, kiedy by sobie tylko zażyczył, mógł go wyjąć i pociąć laminatową wykładzinę. Kule w magazynku pistoletu były kalibru .38 Special i to było naprawdę coś wyjątkowego.

W radiu puszczali nową piosenkę Szlomiego Arci, a on po raz kolejny nie zrozumiał słów. Gdyby Szlomo Arci był tutaj, mógłby go położyć na stole ze wszystkimi rzeczami. Był mniej więcej tak samo użyteczny. Mógłby go podkreślić żółtym tuszem albo obdarować *Zdobywaniem szczęścia*, czy nawet strzelić mu w rzepkę kolanową z pistoletu, jak to się robi na filmach twardzieli. I w chwili trzeźwości zrozumiał, że jedyny powód, dla którego kartonik z dedykacją został w książce, to ten, że nigdy jej nie otworzył.

Na stole było dwieście pięćdziesiąt gramów pistacji, potem sto siedemdziesiąt, a potem dziewięćdziesiąt. „Chodź, zostańmy na poziomie metafory" - śpiewał Arci. „No chodź, zostańmy - wymachiwał pistoletem przed radiem. - No chodź, jak jesteś mężczyzną. Chodź!". Ale to nie było szczególnie śmieszne.

Wyobrażał sobie, że grozi mu człowiek z karabinem o skróconej lufie. Kiedy zerknął w stronę leżącego na stole osieroconego pistoletu, ten człowiek warknął: „Nawet o tym nie myśl, jeden ruch i rozsmaruję ci mózg po podłodze". Wyobrażony człowiek zatrzymał się na chwilę i spuścił wzrok, „Ale pistacje to w porządku" - mruknął i szybko podniósł oczy. Jego szansa na złapanie pistoletu i zaskoczenie przepadła tylko przez to, że się zawahał. I na początku było dwieście pięćdziesiąt gramów pistacji, a potem sto osiemdziesiąt, a później zostało tylko trzydzieści. I jakby dla podniesienia napięcia Szlomo Arci skończył śpiewać, a obrzydliwy kwiatek przestał tańczyć.

Miał też w szufladzie nóż do rozcinania papieru, na którego rękojeści był napis „Cape Canaveral" oraz namalowany pojazd kosmiczny, to była pamiątka z zagranicy. Mógł też robić mnóstwo rzeczy niezwiązanych z tym, co miał na stole, rzeczy abstrakcyjnych, na przykład pomyśleć o jedzeniu czy powiedzieć hej-hop. Aż nagle przypomniał sobie, że żółty tusz to tak w ogóle nazywa się „marker" i że jak był w liceum, podkreślał nim fragmenty z materiału do egzaminów albo po prostu coś ważnego.

„Gdzie to?" - zapytał wyobrażony człowiek. „Wszystko jest na kasecie" - zakpił z niego, chociaż nie wiedział dokładnie, czego tamten chce. Kiedy wyobrażony podszedł do stołu, żeby wziąć kasetę, zrozumiał, że teraz albo nigdy, i szybko wyciągnął rękę po pistolet. Dłoń wprawdzie szybko chwyciła kolbę, ale palec nie zdołał przesunąć bezpiecznika spustu, stał tak przez chwilę zdrętwiały, a z trudem trzymany pistolet zwisał mu żałośnie z dłoni. A wyobrażony człowiek, gdyby nie był taki wyobrażony, dawno by go już przewiercił, tylko po to, żeby odkryć, że na kasecie jest końcowe przemówienie z jego bar micwy albo coś równie idiotycznego, i byłby martwy, więc w rezultacie to wyszło całkiem nieźle, że tamten był wyobrażony. I na początku było dwieście pięćdziesiąt gramów pistacji, potem sześćdziesiąt pięć gramów, a później zostały już tylko te zamknięte, których nie dało się otworzyć w ręku. Wiedział, że jeśli tylko zechce, może je otworzyć zębami, ale to wydało mu się wstrętne i niebezpieczne dla plomb. Zamiast tego mógł im przeczytać kawałek o zdobywaniu szczęścia albo zatkać nimi lufę pistoletu. Teoretycznie mógł nawet pomalować im włosy na blond za pomocą markera, ale to niezupełnie mógł zrobić, to znaczy mógł, ale tylko gdyby zostać na poziomie metafory.

Jojoba

– No, nie drocz się ze mną, Gilbert, idź porozmawiaj z nimi. Jesteś żandarm, ciebie posłuchają.

Postawiłem pusty kubek po kawie na stole, nogami szukając pod nim drewniaków.

– Babciu, ile razy mam ci tłumaczyć? Nie jestem żan... policjantem, jestem żołnierzem, *soldat*, nie mam na nich żadnego wpływu, dlaczego mieliby słuchać, co mam im do powiedzenia?

– Bo jesteś wielki jak dom i nosisz mundur żandarma...

– *Soldat*, babciu.

– Dobrze, *soldat*, czy to ważne. Pójdziesz do nich ze swoją strzelbą i powiesz, że jeśli jeszcze raz nam wlezą na drzewko jojoby, wrzucisz ich do lochu, będziesz do nich strzelał, cokolwiek, najważniejsze, żeby przestali przychodzić do naszego ogrodu...

Wyblakłe oczy babci były teraz wilgotne i pełne łez, solidnie nienawidziła tych dzieciaków. Trochę staruszce odbiło, ale że mam dla niej szacunek, powiedziałem: dobrze. Wieczorem usłyszałem ich na drzewie, włożyłem szorty, podkoszulek bez rękawów i powiedziałem babci, że wychodzę porozmawiać z nimi.

– Nie. – Babcia zagrodziła mi drogę do drzwi, trzymając w ręku mój wyprasowany wyjściowy mundur. – Tak do nich nie pójdziesz, włóż uniform.

– Daj spokój, babciu – powiedziałem i spróbowałem ją wyminąć.

Przylgnęła do drzwi w uporze, w wyprostowanej do przodu ręce dzierżąc mundur.

- Uniform - nalegała stanowczo.

Zszedłem po wejściowych schodach, ona, drepcząc za mną, nie wiedziałem, gdzie się schować, ubrany jak na paradę, nie podarowała mi nawet odznaki jednostki.

- Gilbert, tego zapomniałeś - szepnęła swoim chrypiącym głosem i podała mi uzi, odbezpieczone, z magazynkiem w środku. Gdyby mój dowódca zobaczył mnie tak teraz, z bronią w ręku, dostałbym dwa tygodnie aresztu. Wyrwałem jej karabin, wyjąłem magazynek i delikatnie zwolniłem iglicę, z komory nabojowej wypadł na trawę nabój.

- Po co mi tu karabin przynosisz, zwariowałaś? To tylko dzieci.

Oddałem jej broń, ale ona z uporem wcisnęła mi ją z powrotem.

- To nie dzieci, to zwierzęta - orzekła zdecydowanie.

- Dobrze, babciu, wezmę karabin. - Stłumiłem westchnienie rozpaczy i pocałowałem ją w policzek. - A teraz wracaj do domu.

- Oh, *mon petit gendarme.* - Klasnęła w ręce z zadowoleniem. Ukontentowana swoim małym zwycięstwem weszła, kuśtykając, po schodach.

- *Soldat* - zawołałem za nią - nie jestem jakimś zasranym policjantem.

Ruszyłem dalej. Dzieci na drzewku jojoby nadal hałasowały i łamały gałęzie. Zaplanowałem sobie, że zdejmę bluzę, owinę nią karabin i ukryję go w jakiejś bruździe, żeby wyglądać mniej więcej normalnie, kiedy do nich podejdę. Ale twarz babci zerkającej zza firanki powstrzymała mnie. Podszedłem do drzewa, złapałem jedno z dzieci, które akurat wdrapywało się na pień, i zrzuciłem je na ziemię.

– No, już, spadać mi wszyscy z drzewa, to drzewo prywatne! – krzyknąłem.

Przez chwilę była cisza, po czym z jednej z wysokich gałęzi padła odpowiedź.

– O, mamuniu, żołnierz! Chcesz nas zabić, wujku żołnierzu? – Oberwałem jojobą w głowę.

Dzieciak, którego zrzuciłem, podniósł się i popatrzył na mnie z pogardą.

– Dekownik – syknął. – Mój brat w Golani dupę zdziera na łodzi, a tobie nie wstyd obnosić się ze znaczkiem tych mięczaków z Crifin? – Charknął i splunął mi na bluzę. Przyłożyłem mu po łbie, wystarczająco mocno, żeby go przewrócić. Skąd ten mały chujek tak się zna na znakach jednostek?

– Widziałeś, jak ten skurwysyn pobił Mirona? – zawołał któryś z drzewa.

– Powiedz, ty pedale, co z tobą, że w piątek wieczór chodzisz w mundurze, nie masz kasy na lewisy? – krzyknął inny.

– Jak on taki bohater, to chodź, zrobimy mu intifadę, żeby się nie nudził – wrzeszczał pierwszy i obydwaj zaczęli z drzewa rzucać we mnie jojobami.

Spróbowałem wspiąć się do niego, ale strasznie mi było niewygodnie z karabinem i tym wszystkim. Nagle dostałem cegłówką w ramię, okazało się, że jeszcze jeden był w rowie.

– OWuBe – darł się i pokazał mi palcem „pierdol się".

Te dzieci naprawdę były stuknięte. Zanim zdążyłem go dogonić, wstał ten, co na mnie napluł, całą twarz miał w błocie, kopnął mnie w jaja i zaczął uciekać. Zrobiło mi się czerwono przed oczami, dopadłem go po jakichś trzech susach. Pociągnąłem z tyłu za koszulę, upadł, a ja zacząłem go tłuc. Ten, co rzucił we mnie cegłą, wskoczył mi na plecy, a dwaj inni zeszli z drzewa i ruszyli mu na pomoc, przyczepili się jak rzepy, jeden ugryzł mnie w szyję. Usiłowałem ich zrzucić i wszyscy upadliśmy w błoto. Waliłem ich jak popadnie, ale choć takie gnojki, mieli jaja i ile by im się oberwało, nie ustępowali. Trzymałem po jednym każdą ręką, trzeciego przydusiłem nogami, a nagle ten Miron, który najwyraźniej był ich przywódcą, przygrzmocił mi kamieniem w głowę. Świat zawirował mi przed oczami, poczułem cieknącą na czole krew. Usłyszałem serię strzałów i zorientowałem się, że od dawna nie mam już karabinu, upadł widocznie, kiedy tarzaliśmy się w błocie.

- Zostawcie mojego wnuka, potwory - usłyszałem silny algierski akcent mojej babci - inaczej wykończę was jak karpie w wannie.

Nie wiedziałem, czy to prawda, czy mi się śni.

- Uważajcie na nią, ta stara jest wariatką - dobiegł mnie głos Mirona i poczułem, jak wszystkie ręce mnie puszczają.

- A teraz znikać stąd, *tout de suite* - doszedł mnie rozkaz babci, a potem odgłos nóg człapiących w błocie. - Popatrz, jak ci zabrudzili ubranie żandarma. - Poczułem rękę babci na ramieniu. - I jaką ranę w głowie ci zrobili - utyskiwała dalej. - Nic strasznego, ranę opatrzę i ubranie wypiorę, żeby było jak nowe. A Bóg już się zajmie tymi diablętami. Chodź do domu, Gilbert, zaczyna być chłodno.

Stanąłem na nogi, świat wokół wciąż wirował, ani na chwilę nie przestał.

- Powiedz, babciu - zapytałem - gdzie nauczyłaś się dopinać magazynek i tak strzelać?

- A, to z filmu Jacques'a Norisa, pokazywali go u nas na kablach. Zanim ten łajdak przestał robić filmy i uciekł z pieniędzmi - przypomniała babcia gniewnym głosem. - Jutro włożysz mundur żandarma i pójdziemy mu złożyć wizytę.

- Babciu! - syknąłem z wściekłością, czoło paliło mnie jak samo piekło.

- Wybacz, Gilbercie, *soldat* - przeprosiła babcia i podreptała dalej po schodach.

Małpowanie

– Zjedz banana – nalegała.

Nie chcę.

– No, Dziubulku, pokaż wujkowi, jak jesz banana.

Niech wujek zje banana, ja z tym skończyłem, na zawsze.

– Proszę mi wybaczyć, doktor Gonen, ale to naprawdę hucpa. Ciągnąć mnie taki kawał z Sydney tylko po to, żebym go zobaczył, jak siedzi w klatce z zamkniętymi oczami i wzrusza ramionami... Mój czas, jak pani wiadomo, jest bardzo cenny i nie lubię, kiedy się go marnuje pod byle pretekstem...

– Bardzo mi przykro, profesorze Sztrum, po prostu nie wiem, co mu się stało. Wydaje mi się, że przestraszył się tego całego hałasu, nie jest przyzwyczajony do obcych. Gdyby pan mógł poczekać parę minut na zewnątrz, jestem pewna, że uda mi się go nakłonić do mówienia.

Nie bądź taka pewna, moja miła, nie bądź taka pewna.

– Pięć minut – mówi i słyszę oddalające się kroki – pięć minut.

Drzwi się zamykają i klucz obraca w zamku.

– No naprawdę, kochany – zaczyna głaskać moje futro – porozmawiaj z wujkiem, pokaż mu, jaki jesteś mądry.

Jej ręka dotyka teraz moich jąder i kutas staje. Ale nie otwieram oczu.

– Kochany, doprawdy – głaszcze mnie dalej – zrób to dla mnie, inaczej zamkną nam projekt...

Cisza.

– ...i wtedy nie będziemy mogli więcej być razem.

No to nie będziemy. Mam swoją godność. Głaszcze go coraz szybciej. Tak przyjemnie. Ale nie otwieram oczu, nie mówię ani słowa, nie ustępuję.

– Pięć minut minęło, doktor Gonen – słyszę głos z drugiej strony drzwi. Odmykam oczy na milimetr. Ona zauważa, przerywa głaskanie i przybliża twarz.

– Jak tak chcesz, to tak dostaniesz – szepcze. Wyjmuje z włosów spinkę, włosy się rozsypują i opadają na ramiona. Roztrzepuje je. Jest piękna. – Pełno profesorów tutaj będzie szczęśliwych, mogąc ci rozpiłować głowę i zerknąć do mózgu – mówi. – Ja z tobą skończyłam, od dziś jesteś ich.

– Doktor Gonen – powraca głos z zewnątrz i ponawia się próba naciśnięcia klamki w zamkniętych drzwiach.

– Profesorze Sztrum – szepce przez drzwi i przekręca klucz – proszę, mam na imię Jael.

Przed otwarciem odpina najwyższy guzik od bluzki.

– Jael – wraca głos z drugiej strony drzwi. Jej usta poruszają się bezdźwięcznie, ale ja słyszę.

– Zboczona małpa – mówi.

Noc, kiedy umarły autobusy

Tej nocy, kiedy umarły autobusy, czekałem na przystanku na ławce. Wpatrując się w dziurki wycięte w bilecie miesięcznym i myśląc, do czego są podobne. Była tam jedna dziurka, która przypominała mi zająca, lubiłem ją najbardziej. Inne, nieważne, ile czasu się im przyglądałem, wciąż wyglądały jak dziurki.

– Godzinę czekamy – zrzędził podrzemujący staruszek – nawet dłużej. Firmy autobusowe, niech je diabli wezmą. Pieniądze państwowe to raz-dwa wiedzą, jak wziąć, ale zanim przyjadą, dusza z człowieka wycieknie.

Staruszek skończył narzekać, poprawił beret na głowie i znowu zapadł w sen. Uśmiechnąłem się w stronę jego przymkniętych oczu i wróciłem do dziurek, które nadal wyglądały jak dziurki, czekając cierpliwie na zmianę. Przed przystankiem wyrósł spocony młodzieniec. Biegnąc, zwrócił ku nam wzrok.

– Nie ma co dłużej czekać – krzyknął ostrym, zasapanym głosem – autobusy umarły, wszystkie.

Pobiegł dalej i kiedy już był od nas daleko, stanął, podparł się pod bok lewą ręką i znów odwrócił w naszą stronę, jakby zapomniał powiedzieć coś ważnego. Łzy na jego policzkach błyszczały jak krople potu.

– Wszystkie – wrzasnął histerycznym tonem, pokazał nam plecy i znów zerwał się do biegu.

– Co chciał ten *meszugener*? – obudził się staruszek, przestraszony.

– Nic, dziadku, nic – mruknąłem.

Podniosłem z ziemi plecak i ruszyłem w dół jezdnią.

- Hej, *malczik*, gdzie idziesz? - krzyknął za mną stary.

Na przystanku przy starej fabryce czekolady czekali chłopak z dziewczyną, grając w tę grę palców, której zasad nigdy nie zrozumiałem.

- *Hi* - zawołał chłopak w moją stronę, podczas kiedy ona opuszkiem kciuka dotykała jego dłoni - wiesz, co się stało z autobusami?

Wzruszyłem ramionami.

- Może jest strajk - usłyszałem, jak mówi do niej - lepiej zostań u mnie na noc, już jest późno.

Wyprostowałem pasek plecaka wrzynający mi się w plecy. Wzdłuż całej głównej drogi przystanki autobusowe były opustoszałe, widocznie wszyscy zrezygnowali i poszli do domu. Nie przeszkadzał im wcale fakt, że autobusy nie przyjechały. Ja szedłem dalej na południe.

Na ulicy Lincolna zobaczyłem pierwsze zwłoki, leżące na plecach i skręcone. Czarny płyn hamulcowy pokrył swoją tępą barwą popękaną przednią szybę. Ukląkłem i rękawem koszuli przetarłem poplamione szkło. To był 42. Nigdy tak naprawdę nie miałem okazji się nim przejechać. Myślę, że jest z Petah Tikwy lub czegoś w tym rodzaju. Pusty autobus rozłożony na plecach na środku Lincolna, sam sobie nie umiałem wytłumaczyć, co tu jest takie smutne.

Na dworcu centralnym były ich rozłożone setki, potoki benzyny wypływały z rozdartych ciał, ich wnętrza rozsypane na asfaltowych jezdniach były czarne i milczące. Dziesiątki załamanych ludzi siedziało w nadziei na warkot silnika, wodząc milczącym spojrzeniem za obracającym się kołem. Wśród nich kręcił się jeden w czapce konduktora, próbując podnieść ich na duchu.

– To na pewno tylko tutaj, w Hajfie jest jeszcze mnóstwo, zaraz przyjadą, będzie dobrze.

Ale było jasne dla wszystkich, także dla niego, że nie został ani jeden.

Opowiedziano mi, że sprzedawca *maalabi* podpalił swój trzykołowy rower i poszedł do domu, że magnetofony na stoiskach z kasetami popękały z bólu, że nie uśmiechali się nawet żołnierze, czekając ze zmęczonymi oczami w drodze do domu, nawet oni byli smutni. Znalazłem opuszczoną ławkę na przystanku, położyłem się i zamknąłem oczy. Dziurki na bilecie w mojej kieszeni dalej wyglądały jak najzwyklejsze dziurki.

Guliwer po islandzku

Pierwszego dnia, kiedy tu przyjechałem, opadł mnie strach. Zegar nie pokazywał jeszcze czwartej po południu, ale słońce dawno już zaszło. Latarnie uliczne zapalają już o drugiej, wpół do trzeciej, a przez krótki czas, w którym słońce świeci, kolory są spłowiałe jak na starej fotografii.

Już od pięciu miesięcy podróżuję sam z plecakiem na grzbiecie, oglądam śnieg, lód i fiordy. Świat tutaj pomalowany jest całkiem na biało, a w nocy na czarno. Czasami muszę sobie przypominać, że to tylko wycieczka. „O, proszę - mówię - zobacz, leming!" i zmuszam się do wyciągnięcia aparatu. Ale ile w końcu można fotografować? W głębi duszy czuję się jak wygnaniec.

Wdmuchuję do starych rękawic parujące powietrze z ust, para jakoby przepędza zimno. Ale zimno, które się wymknęło, czatuje w powietrzu i po sekundzie, podczas której para stygnie, znów wraca. Zimno tutaj nie jest podobne do tego u nas w kraju. To zimno poza temperaturą. Zimno przebiegłe, przesączające się przez wszystkie warstwy i mrożące cię od środka.

Idę ulicą. Z lewej strony oświetlona mała księgarnia. Od pół roku już nie czytałem książki. Wchodzę do środka, ciepło mi tam i miło.

– Przepraszam - pytam - czy macie książki po angielsku?

Sprzedawca kręci przecząco głową i wraca do przeglądania swojej gazety o brzydkich literach. Nie spieszę się z wyjściem. Przechodzę między półkami. Przypatruję się okładkom książek. Wącham orzeźwiający zapach papieru. W głębi sklepu, koło jednej z półek stoi zakonnica. Od tyłu wygląda przez chwilę jak śmierć z filmów Bergmana. Ale zbieram się na odwagę, podchodzę do sąsiedniej półki i zerkam na nią. Ma szczupłą i ładną twarz. Bardzo ładną. Znam książkę, którą trzyma w ręku. Poznaję po obrazku na okładce. Odstawia książkę na swoje miejsce i odwraca się do innej półki. Spieszę się, żeby ją wyjąć. Jest jeszcze ciepła w mojej dłoni. To *Guliwer*, *Guliwer* po islandzku, ale mimo wszystko *Guliwer*. Okładka jest taka sama jak w wydaniu hebrajskim. Mieliśmy je w domu. Wydaje mi się, że mój brat dostał je od kogoś w prezencie. Płacę w kasie sprzedawcy, który upiera się zapakować mi książkę jako prezent. Przykleja do papieru pakowego w kwiatki różową wstążkę i skręca ją ostrzem nożyczek. Właściwie czemu nie? To prezent dla siebie samego.

Po wyjściu ze sklepu pospiesznie rozdzieram papier opakowania, zdejmuję plecak, opieram go o latarnię, siadam na pokrytym śniegiem krawężniku i zaczynam czytać. Książkę znam bardzo dobrze, a nawet jeśli coś zapomniałem, ilustracje szybko mi przypominają. Książka jest tą samą książką i słowa tymi samymi słowami. Nawet jeśli to ja sam je wymyślam. A *Guliwer* po islandzku to wciąż *Guliwer*, książka, którą strasznie lubię. Z wielkiego wzruszenia zaczynam się pocić, to pierwszy raz od przyjazdu tutaj, kiedy się pocę. Uwalniam się od ciężkiej kurtki i wilgotnych rękawic, przeszkadzających w przewracaniu kartek. Dwie pierwsze księgi są wspaniałe, trzecia też mi się podobała. Ale bez wątpienia ostatnia podróż robi największe wrażenie. Ci szlachetni Houyhnhnmowie, co to zawsze chciałem być jak oni. Kiedy Guliwer zmusza się, żeby ich opuścić i powrócić do ludzi, nie mogłem przestać płakać. Kiedy kończę książkę, zauważam, że latarnia jest już zgaszona. W reflektorach przejeżdżającego samochodu widzę koło siebie postać w czerni. Światła zastygają w miejscu, ale mnie mróz dawno już przestał dokuczać. Postać zwraca się do mnie. To ona, nie można pomylić kosy, twarzy kościotrupa. Od tyłu wygląda mi przez chwilę zupełnie jak zakonnica.

Kochi 2

Cyjon wychodzi z wojska za dwa tygodnie. Zaprosił nas do siebie do kibucu na imprezę. Kochi radził mi wynaleźć jakiś wykręt, żeby nie pójść.

– Wszyscy kibucnicy to kanibale – pieprzył, jak to ma we zwyczaju – jeden drugiego tam zjada, w ogóle się nie przejmując. Gdyby nie byli tacy dyskretni, dawno by się już wydało. Wystarczy, że się któryś upije, weźmie cię za sekretarza kibucu, co go ujaił przy dyżurach, i trach, znajdziesz się w przewodzie pokarmowym jakiegoś tłustego partyjniaka.

Od czasu incydentu w Libanie stał się zupełnie nie do zniesienia. Zwłaszcza ta historia z listem do dowódcy pułku.

Pierwsze tygodnie po incydencie w Libanie kręcił się po obozie, wkładał palec do dziury, co miał w głowie, i go z niej wyjmował, i krzyczał:

– Umarłem, łłłaał... umarłem.

Szlomo, kucharz, zemdlał, kiedy go zobaczył, po czym złożył sierżantowi formularz 55, w którym napisał, że nie może służyć w jednostce z trupami, bo jest z rodu kapłanów. Kiedy Akiwa go uspokoił, a Kochiemu kazał przestać się wygłupiać, Kochi złożył do dowódcy pułku oficjalne podanie, w którym zażądał, żeby Armia Izraela uznała go za poległego i na tej podstawie zwolniła z wart. Amichaj, dowódca pułku, mało nie zwariował, jak przeczytał to podanie, i wypełnił na niego raport za lekceważenie rozkazów czy coś w tym rodzaju. Sąd skazał Kochiego na czternaście dni odsiadki. Kochi zaczął szaleć.

– Nie wiesz, z kim masz do czynienia. Mój przyjaciel jest pisarzem. Jeszcze mi za to zapłacisz – krzyczał.

Joni, p.o. dowódca, i ja musieliśmy wywlec go z pokoju. Amichaj, dowódca pułku, poprosił, żebym mu zdawał sprawozdanie z każdego niewłaściwego zachowania Kochiego. Dwa dni po zwolnieniu z aresztu Kochi wysmarował patrolowego jeepa masłem orzechowym, twierdząc, że to zmyli wielbłądy wroga. Amichajowi słowa o tym nie powiedziałem. Czy ja potrzebuję kłopotów, Kochi może tak urządzić, żeby i moje imię napisali z błędem.

Dzisiaj opowiedział mi ze smutkiem, że wysłał w imieniu jednostki wieniec z czarną wstęgą do rodziców Meira z Buchary.

– Tak za nim tęsknię – szepnął, ocierając łzę z oka.

– Ale Meir nie umarł, w końcu tylko obniżyli mu kategorię. Jest teraz kierowcą jakiegoś podpułkownika w Sztabie Generalnym – przypomniałem Kochiemu, ale nie chciał dać się pocieszyć. – Przestań płakać, Meir żyje. – Objąłem go za ramiona.

– No to żyje, żyje i co z tego? – wykrzyknął Kochi sfrustrowany. – Byłoby dużo ładniej, gdyby zginął w Libanie. Kierowca szefa – zasyczał pogardliwie – ci bucharczycy nie mają za grosz poczucia estetyki. Powinieneś go udusić, zanim transporter opancerzony po nas przyjechał.

– Kochi to skrót od czego? – spróbowałem na siłę zmienić temat.

- Od Kochawa. Moi rodzice zawsze chcieli mieć córkę. - Kochi podjął współpracę. Przymknął oczy i zakręcił lekko tyłkiem. Wiedziałem, że zacznie śpiewać. Czasami tak robi. W ogóle jest pod dużym wpływem filmów po arabsku.

- Kiedy byłem dzieckiem biednym / Bił mnie często ojciec wredny / Na córkę zawsze był nastawiony / Ten ojciec zboczony.

Jego pieśni trwają ponad godzinę, w trakcie także tańczy. Nie mogłem dłużej, poszedłem pogadać z Akiwą o przeniesieniu. Akiwa pokazał mi artykuł w gazecie, gdzie była mowa o Cyjonie. Uznano Cyjona za zaginionego.

- Zniknął, jakby go ziemia pochłonęła - szepnął Akiwa i bardzo znacząco do mnie mrugnął.

Poszedłem do namiotu i położyłem się do łóżka w ubraniu, nawet butów nie zdjąłem. Zawinąłem się w kołdrę, zamknąłem oczy i próbowałem zasnąć.

W nocy znów będę śnił, że Kochi wstąpił do Legii Cudzoziemskiej i wszyscy Algierczycy przechodzą na judaizm i emigrują do Izraela. Zawsze tak jest.

Kłopot z *hibris*

Kiedy Adion miał pięć lat, zobaczył z okna ojcowskiej karocy idącego drogą ślepca. W jego twarzy o wyłupionych oczach było tyle bólu, że mały Adion zaczął płakać. Ślepiec, jak mu opowiedziano, panował kiedyś nad Tebami, był silny i mądry. Ale los okazał się parę razy silniejszy i bardziej przebiegły. Przez cały okres młodości Adion słyszał liczne opowieści o mądrych i odważnych władcach, których spotkał los straszny i okrutny. Wydawało mu się czasem, że każda wybitna postać, o której słyszał, skazana jest na okrutny koniec. Adion, który był władcą nie mniej odważnym i mądrym niż te tragiczne postacie, nie był w stanie uwolnić się od poczucia, że podobny los i jego czeka. Żeby wywinąć się od strasznego, budzącego lęk końca, starał się Adion zrozumieć, co takiego było w postępowaniu owych mocarzy, co doprowadziło do tak dramatycznego finału. Poświęcił życie studiowaniu wszelkich faktów dotyczących życia oraz śmierci tych tragicznych postaci i próbował znaleźć wspólną dla wszystkich formułę. Po latach wytężonej pracy, w czasie których zaniedbał swoje królestwo, Adion znalazł odpowiedź - wspólnym dla nich wszystkich mianownikiem była pycha wywołująca przekonanie, że są zdolni przeciwstawić się potędze losu. Nieraz czuł Adion, jak pycha tego rodzaju opanowuje i jego samego. Ale teraz, od kiedy zrozumiał zależność wolność–nieszczęście, zawsze dbał, by ją tłumić. Ową pychę nazwał *hibris*. I za każdym razem, kiedy poczuł, że próbuje wybuchnąć i zapanować nad nim, powtarzał jej imię i przywoływał sobie obraz Edypa o wyłupionych oczach, a *hibris* rozpadała się w pył. Adion żył długo i szczęśliwie, nie zaznając zdrady ni cierpienia. A kiedy zległ na łożu boleści otoczony liczną gromadką bliskich, wiedział wreszcie, że urzeczywistnił to, czego nie udało się zrobić nikomu przed nim - przezwyciężyć własny instynkt. „Hibris", wyszeptał i umarł. Hermes z należytym szacunkiem odprowadził go do świata umarłych, a Adion szedł za nim wyprostowany i dumny. Od czasu do czasu wydawało mu się, że kroczący przed nim Hermes tłumi śmiech, ale to były tylko urojenia. W podziemnym świecie przydzielono mu godne miejsce. Po jego lewej siedziała Antygona, po prawej Edyp, którego cierpiącą postać wyrytą miał w pamięci od dzieciństwa. Po kilku minutach wszedł do sali uskrzydlony posłaniec, pospieszył do jednego z siedzących obok i głośno szepnął mu do coś ucha.

- ROYAL BRITISH THEATRE w grudniu wystawi o tobie sztukę - szeptał posłaniec do Edypa - z Kennethem Branaghiem w roli głównej.

- Zagra mnie Kenneth Branagh - wymamrotał do siebie Edyp, jakby nie wierząc, i szeroki uśmiech rozlał się po jego twarzy.

- Spektakl o tobie wprowadzono do programu nauczania w szkołach w Szkocji - szepnął posłaniec uszczęśliwionej Antygonie.

- Pięćset tysięcy uczniów będzie opłakiwać mój los - powiedziała cała wzruszona, roniąc łzy radości.

A Adion siedzi na swoim krześle. Przysłuchuje się, zapomniany, zastygły w swym strasznym przeznaczeniu. Jaki los może być dla bohatera tragicznego straszliwszy od nudy, znużenia i niepamięci? I jakby jego cierpienie nie dość było wielkie, raz na około tysiąc lat podchodzi do niego posłaniec i zawiadamia o kolejnym anonimowym postmoderniście, który napisał o nim niedobre opowiadanie.

Pisarska zawiść

Pani w przechowalni bagażu jest zaskoczona, kiedy podchodzę do okienka oddać bagaż. Z pewnością dziwnie jej wyglądam. Krople potu błyszczące na moim czole w mroźnym zimnie połowy grudnia, jedyny bagaż - książka, którą niosę w ręku, z palcem jako zakładką ciągle jeszcze utkwionym między stronicami. Próbuje odebrać ode mnie już niby wypuszczoną z ręki książkę, ale mój palec jeszcze wydobywa się z uwięzi jej upartych kłów. Szarpię ramieniem z całej siły i książka zostaje w jej ręku.

- *Homo Faber*, co za wspaniała książka - mówi z wyrazem twarzy, jakby nic się nie stało.

Wysysam krew ze skaleczonego palca i milczę, słowa to zdradliwe stworzenia.

- Cudowna książka, zwłaszcza zakończenie, nie uważa pan? - próbuje znowu, wydając kwitek na mój depozyt.

- Nie wiem. Nie doszedłem do końca. - Odwracam się do niej plecami i idę w stronę peronu.

Stoi na końcu peronu, w czarnej marynarce, wyższy, niż sobie wyobrażałem. Wycieram pot z czoła grzbietem lewej ręki, nie mam przy sobie chustki, prawa ręka tkwi głęboko w kieszeni płaszcza. Między nami jedynie piętnaście kroków. Stawiam je.

- Pan Frisch? - pytam.

Odwraca ku mnie twarz, wygląda dokładnie jak okładka Tartakowera do *Powiedzmy, Gantenbein*.

– Tak – odpowiada uprzejmie. – Czym mogę panu służyć...?

Mija kilka chwil milczenia, prawa ręka tkwi nadal w kieszeni płaszcza, w niegrzecznym, niemal lewantyńskim geście. Nic w tej sprawie nie robię, tylko spuszczam wzrok w zawstydzeniu. Trwa przeciągające się milczenie i to ja powinienem bym je przerwać. Należałoby się przedstawić, wyjąć rękę z kieszeni i wyciągnąć do powitania, lub przeciwnie, wydobyć pistolet i strzelić. Strzelić, bez wątpienia lepiej strzelić. Wyciągam pistolet i naciskam na spust. Zwija się, a kiedy już leży na ziemi, strzelam jeszcze trzy razy, dla większej pewności.

Tak jak pisał ten skurwysyn, nigdy nie będę umiał pisać. Wszystkie te słowa, z którymi się zmagam i nigdy nie udaje mi się ich pokonać, do niego przychodziły ochoczo, merdając ogonami jak łaszące się szczenięta, i tworzyły zdania doskonałe, dokładnie takie, jakich chciał. Szwajcarski zboczeniec, na pewno nie byłby w ogóle w stanie pojąć, jak to się dzieje, że człowiek pracuje nad utworem osiem miesięcy, każdego dnia sobie dla niego żyły wypruwa, serce i wnętrzności sobie otwiera. Osiem zajebanych miesięcy i po chuj? Dla jeszcze jednej przeciętnej historii? Jakże miałby to zrozumieć? Klasyką sypie sobie jak z rękawa. Tak to jest ze Szwajcarami, wszystko przychodzi im tak łatwo, że jak tu ich nie nienawidzić? Nie wiedzą, co to wojna, cały czas jedzą czekoladę, w życiu nie odbyli ćwiczeń rezerwy.

Żeby być zupełnie pewnym, pakuję mu jeszcze jedną kulę.

Z okna pociągu widzę mrowiących się ludzi ubranych w marynarki, spieszących gdzieś za swoimi sprawami, przeskakujących nad jego ciałem i idących dalej. Nikt z nich nie zauważył, że do niego strzelano, na tych ulicach geniusze padają jak muchy, jakaś setka dziennie. Do ostatniej stacji zdążę wypełnić w krzyżówce wszystkie hasła, które znam, pozostałe i tak są dla mnie stracone na zawsze.

Wysiadam z pociągu i wchodzę do księgarni. Na półce stoi książka Salingera w brzydkiej okładce, czyha już na mnie, z grzbietem wygiętym w łuk jak do startu i zanim pojmę, co się dzieje, jest już w mojej dłoni, szpony rozwiera na stronie 7, usiłuję się uwolnić, stoczyć ponowną walkę, uciec, wszystko byle nie czytać, ale w końcu ulegam. Ten Salinger, kolejne ścierwo, w przyszłym tygodniu skoczę i jego odwiedzić.

Literatura hebrajska

A. Patrol zmotoryzowany

Samir prowadził patrolowego jeepa, a Halil, ojciec Muhameda, siedział obok niego z przygotowanym karabinem na naboje gazowe. Ja z Fatmą siedzieliśmy z tyłu. Jechaliśmy powoli, ulica była spokojna.

– Za cicho, ci śmierdzący izraelscy żołnierze coś szykują.

Jakby na potwierdzenie z jednego z dachów poleciał spory kamień. Samir przyhamował, a kamień uszkodził maskę. Kątem oka zdążyłem dostrzec za balustradą jednego z dachów hełm żołnierza, który go rzucił.

– Halil, to stamtąd. – Wskazałem dach, z którego poleciał kamień.

– OK. Ty i Fatma, złapcie go i pamiętajcie, co powiedział Muhamed. Nie chcę jeszcze jednego zabitego izraelskiego żołnierza. Dziennikarze tylko na to czekają. A ostatnia rzecz, której nasz klan potrzebuje, to ciągłe śledztwa.

Wspięliśmy się szybko z Fatmą po schodach prowadzących na dach. Na dachu, za sznurkami do prania, zobaczyliśmy przestraszonego izraelskiego żołnierza. Był młody, miał około dwunastu lat. Próbował się ukryć za sznurkami do bielizny. Fatma podeszła do niego i wyrżnęła go w twarz. Upadł na ziemię zakrwawiony.

– Nic nie zrobiłem, ja lubię Arabów, przysięgam na Boga i Torę, niech żyje Jaser Arafat, a syjoniści będą przeklęci – krzyczał przerażony żołnierz.

Fatma zaczęła go wściekle kopać.

- Przed chwilą rzucałeś w nas kamieniem, prawie roztrzaskałeś mi głowę, a teraz nagle kochasz Arabów, ha? Ty gnoju jeden.

- Zostaw go, to tylko dziecko - powiedziałem.

- Tylko dziecko, tylko dziecko - przedrzeźniała mnie Fatma, kopiąc dalej. - Dość już mam pięknoduchów jak ty i Samir. Przez takie „dzieci" Nawil jest teraz w szpitalu. Twoje milutkie dzieci zrobiły z niego roślinę.

Przytrzymałem ją siłą. Początkowo wiła się jak szalona, ale powoli, powoli jej zachowanie i histeryczne krzyki przeszły w jęki łączące się harmonijnie z płaczem zakrwawionego izraelskiego chłopca. Mój uścisk zamienił się w przytulenie.

- Nie chcę tu być - szeptała. - Dość mam tych przekleństw i kamieni, i ciągłego bicia. Wierz mi, trzeba im zostawić te ich zatłoczone miasta. Niech sobie dalej piją piwo w swoich wstrętnych pubach i robią małych izraelskich żołnierzy, po co nam to wszystko potrzebne?

Puściłem ją i poszedłem sprawdzić, co z dzieckiem. Jego twarz zmieniła się w kawał poklejonego krwawego ciasta, gdyby nie hełm, już by nie żył. Zarzuciłem go sobie na plecy i zeszliśmy z powrotem po schodach. Ważył mniej niż czterdzieści kilo. Tacy lekcy są nasi wrogowie. Przez całą drogę na dół odprowadzały nas krzyki izraelskich żołnierek wołających przez osmalone okiennice. Wszyscy tu nas nienawidzą, od rocznych żołnierzy junaków po izraelskie żołnierki staruszki. A to, co najbardziej boli, to że ich nienawiść jest usprawiedliwiona.

- Wracajcie do waszych wiosek, arabskie świry - dał się słyszeć wrzask zza jednego z okien.

Jakże chciałbym wrócić do mojej wioski, do wzgórz przystrojonych dzikim kwieciem, do stad owczych w *vadi*, do krainy szakali. Położyłem dziecko na tylnym siedzeniu jeepa.

- Trzeba go zawieźć do szpitala - powiedziałem.

- Zostaw go tutaj! - rozkazał Halil.

- On pilnie potrzebuje pomocy lekarskiej...

- Słyszałeś, co powiedziałem, Rafik, zostaw go tutaj. To rozkaz.

Położyłem chłopaka na ziemi i delikatnie zdjąłem hełm z jego młodziutkiej głowy. Pogładziłem nasiąknięte krwią włosy, mamrocząc przeprosiny tą odrobiną hebrajskiego, jaką znałem. Jaki to sens? I tak był nieprzytomny.

- Natychmiast wsiadaj do jeepa! - polecił Halil.

Naprawdę, jaki to sens? Ruszyliśmy.

- Zajmowanie się Izraelczykami trzeba zostawić Izraelczykom - powiedział Halil udobruchanym tonem. Otarłem dłonią twarz.

Po drodze mijaliśmy opuszczone restauracje, zamknięte na klucz puby, puste ogrody. Próbowałem sobie wyobrazić, jak wyglądało to miasto, zanim tu przybyliśmy, małych żołnierzy bawiących się na ulicach, ładne żołnierki w błyszczących hełmach schodzące w dół ulicy dźwięczącym krokiem.

- Znowu powiesili flagę, dranie - syknął Halil.

A tam na drutach elektrycznych powiewało prześcieradło w anemicznych biało-niebieskich kolorach, nieszkodliwe pokrycie łóżka. Zatrzymaliśmy jeepa i Halil kazał staremu miejscowemu żołnierzowi przynieść drabinę, wspiąć się na nią i zdjąć ten pasek materiału. Staruszek, poganiany okrzykami Halila po hebrajsku, wszedł na drabinę, trzęsąc się ze starości i strachu. Bał się, biedny, że spadnie, ja również. Czy naród palestyński nie ma dość wrogów, że musi jeszcze walczyć z trzęsącymi się starcami i kolorowymi szmatami? Stary chwycił flagę jedną ręką i zaczął schodzić po drabinie. Ręka z flagą omsknęła mu się do przodu, jakby w coś zapadła, noga ześlizgnęła się z jednego ze szczebli i spadł na ziemię. Samir podbiegł, żeby pomóc mu wstać, ale Halil go powstrzymał. Stary podniósł się, obolały, i powoli kuśtykając, zaczął się od nas oddalać. Samir wrócił do jeepa.

- To nie powinno tak wyglądać, coś tu jest nie w porządku - mruczał, sadowiąc się z tyłu.

A ja, uzbrojony w gumowe kule, szybko od każdej ściany odbijające się rykoszetem w moją stronę, w granaty gazowe niewywołujące płaczu u nikogo poza mną, stałem milcząco oparty o maskę silnika.

- Wasza matka pierdoli się z syjonistami - rozległ się z jednego z dachów znajomy krzyk po arabsku. A ja myślałem o wzgórzu i owcach, o małych glinianych domkach i wołaniu muezina na poranną modlitwę. Stary dalej kuśtykał.

B. Podróż

- Jesteś pewny, że to nie jest droga? - spytał Daniel niepewnie. - Widzę światła z daleka.

Przewodnik w milczeniu kontynuował marsz i Daniel z braku innego wyjścia wlókł się za nim ociężale. Ta dręcząca cisza wokoło była dokuczliwa niczym monotonny hałas. Dużo by dał, żeby przewodnik przełamał tę ciszę i coś powiedział. Ale on szedł, milcząc, więc Daniel zmusił się do mówienia.

– Moi rodzice chcieli, żebym studiował prawo albo ekonomię, wiesz. Miałem niezłe stopnie, przyjęli mnie nawet na kurs przygotowawczy. – Daniel usiłował złowić spojrzeniem wzrok przewodnika, on jednak nawet na chwilę nie oderwał go od ziemi, gorliwie szukając starych ścieżek, wypatrując ich śladów, jakby to miały być pułapki. – Ale ja sobie powiedziałem, że po co mam się dać pogrzebać pod tymi stertami książek, w piwnicach bibliotek oświetlonych jarzeniówkami – ciągnął Daniel, zrozumiawszy już, że na reakcję nie ma co liczyć. – Jestem jeszcze młody i cały świat na zewnątrz na mnie czeka. Rozmaite miejsca, których dotąd nikt nie odwiedził. Miejsca, które tylko czekają, żebym przyszedł. Jak tutaj. – Daniel rozpostarł ramiona, jakby chciał objąć dziwny pejzaż dookoła siebie.

– Jeszcze nie tu, jeszcze trochę – odezwał się po raz pierwszy przewodnik. – A na razie proszę mówić ciszej.

– Przepraszam – Daniel ściszył głos – poniosło mnie.

Przeszli następne kilka kilometrów. Cisza ciążyła Danielowi bardziej niż plecak na grzbiecie, zatrzymał się, żeby otrzeć pot z czoła, i znów zaczął mówić, tym razem szeptem.

– Dwa miesiące po skończeniu wojska pojechałem do Tajlandii szukać wszystkich tych ukrytych miejsc, wiesz... – Zatrzymał się ponownie i jęknął. Przewodnik nawet nie odwrócił głowy. – Wszystkie miejsca były pełne takich turystów jak ja, każdy z nich pewny, że jest na drodze do odkrycia nowego lądu. – Daniel potrząsnął głową, jakby nie dowierzał. – Każde schronisko, każdy skrawek ziemi, każda palma były otoczone turystami: Szwedami, Niemcami, Izraelczykami. Głównie Izraelczykami. Wszyscy szukają ziemi dziewiczej, a w końcu poprzestają na grze w karty i paru szklaneczkach dżinu z sokiem pomarańczowym. Daleki Wschód stał się jednym wielkim uzdrowiskiem.

Przewodnik przystanął na chwilę i położył sobie rękę na karku. Tkwił tak znieruchomiały kilka sekund. Przez moment Daniel myślał, że zastanawia się nad tym, co on powiedział, że coś mu zaraz odpowie. Ale przewodnik tylko badał gwiazdy na niebie i wkrótce podjął marsz, wprowadzając Daniela na obszar gładkiego piasku.

- Potem pojechałem do Ameryki Południowej - ciągnął Daniel - myślałem, że tam przynajmniej znajdę to miejsce. Nowe i tylko moje. Ale tam również w każdej wiosce, do której przyjechałem, byli inni. Palący camele, poklepujący zawsze po ramieniu, pytający: „A z jakiego miasta jesteś? A gdzie byłeś w wojsku?". Nie mogłem już tego znieść. Zarzuciłem plecak na plecy i poszedłem w dżunglę, tak po prostu, bez mapy, bez kompasu, bez przewodnika. Pobłądzić. Szedłem tak przez dżunglę kilka dni. Nie przejmowałem się jedzeniem, komarami, wężami, niczym. Byłem sam. Aż dotarłem na polanę. Pośrodku polany stało samotne drzewo, olbrzymie. Postanowiłem, że ta polana będzie moim domem, że tam zamieszkam. Tylko ja i drzewo. „Jestem Robinson Crusoe - powiedziałem do drzewa - a jak ty się nazywasz?". Nie odpowiedziało - zaśmiał się Daniel - jak ty. Może wolało być samo, beze mnie. Obszedłem je kilka razy, dotykałem pnia i gałęzi. Koło podstawy pnia odkryłem ukrytą bliznę, pochyliłem się, żeby ją zbadać. Osłupiałem, ktoś wyrył tam coś scyzorykiem. Zarastająca kora usiłowała to ukryć, mogłem jednak odczytać każde słowo. „Nir Dekel, piąty sierpnia, okręt wojenny Golani". Założyłem plecak i ruszyłem, patrząc na dżunglę wokół mnie. Potężne gałęzie zdawały się klepać mnie po ramieniu, krokodyle puszczały do mnie oko i pytały, gdzie byłem w wojsku, skorpiony zapraszały na wódkę z sokiem pomarańczowym, cała ta dżungla wyglądała mi nagle na jedno wielkie nabieranie gości, które mi Nir Dekel zafundował. Wiedziałem, że w końcu dotrę do miasta. Świat będzie zbyt mały, by można w nim było zabłądzić, jeśli takie się ma życzenie, to znaczy - zacząłem płakać.

Daniel wziął długi głęboki oddech, morskie powietrze przeniknęło mu do płuc.

- I tyle, mniej więcej. Wróciłem do kraju, poprawiłem się na testach z psychometrii, zapisałem na uniwersytet. - Zerknął na datę na zegarku. - Powinienem zacząć naukę za cztery dni, i wtedy powiedziano mi o tobie, że prowadzisz ludzi do zagubienia, że jesteś w tym profesjonalistą...

- Tak! - stwierdził przewodnik i przystanął.

Daniel rozejrzał się dookoła zdezorientowany.

- Ale to niemożliwe - powiedział - widać stąd światła, słychać ludzi, o, proszę, tam jest dworzec Reading. - Wskazał oświetlony kwadrat.

- Może to jest blisko, ale nikt tu nie dotarł - orzekł przewodnik zdecydowanie, pochylając się i badając przesiąkniętą spalenizną ziemię - i nie dotrze.

- Tak blisko Tel Awiwu i mimo to nikt nie przyjdzie? Jak to możliwe?

- A bo ja wiem? - Przewodnik wzruszył ramionami. - Może wszyscy są w Tajlandii - mrugnął do Daniela.

- No a ja... - zapytał Daniel - przecież na pewno będę mógł znaleźć stąd drogę do Tel Awiwu.

– Możesz spróbować. – Przewodnik uśmiechnął się, wyprostował, odwrócił plecami do Daniela i powolnym krokiem zaczął się oddalać.

Jego lekkie kroki nie zostawiały śladów na piasku. Po kilku chwilach zniknął.

C. Obóz poborowych

Pluton stał trójkami na piaszczystym placu. Jego żołnierze, mimo szczerych wysiłków, by wyglądać porządnie i poważnie, sprawiali jakoś wrażenie armii błaznów. Skończyli właśnie procedurę werbunku i duża ich część dostała mundury niedopasowane rozmiarem. Inni nie zdołali sprostać elementarnemu zadaniu przeciągnięcia paska przez wszystkie szlufki i zasznurowania wojskowych butów. Wydaje się, że właśnie przerażony wyraz ich twarzy oraz sztywna postawa wywoływały ten śmieszny efekt.

– Czy jest tu ktoś, kogo przyjaciel lub znajomy popełnił samobójstwo podczas służby wojskowej? – zapytał kapral miękkim głosem, smutnym wzrokiem zaglądając im w oczy.

Na końcu ostatniej trójki po lewej podniosła się niezdecydowanie ręka ukryta za olbrzymim blondynem stojącym w pierwszym szeregu.

– Świetnie – mruknął kapral – idź wyszorować kible.

Niewielkiego wzrostu żołnierz wyszedł z szeregu sztywnym krokiem, nieprawidłowo zapięte guziki koszuli wykrzywiały mu kołnierzyk, co w zestawieniu z nienaturalnie wyprostowaną postawą dawało złudzenie, że ma złamany kark. Miarowym krokiem pomaszerował w stronę toalety.

– Czy są tu żołnierze mający rodziców ocalonych z Zagłady, którzy krzyczą i płaczą przez sen? – kontynuował kapral przygnębionym głosem.

Trzech żołnierzy podniosło ręce.

– Panie dowódco – odezwał się piskliwym głosem jeden w okularach.

– Tak, żołnierzu – z powagą odpowiedział kapral smutnym głosem.

– U mnie to niedokładnie tak. To znaczy mój ojciec nie płacze ani nie krzyczy, tylko mówi. „Bogdan, Bogdan" – mówi, i zawsze dwa razy. Bogdan to jego młodszy brat, którego Niemcy zabili. Więc ja nie wiem, czy podnieść rękę, czy nie, panie dowódco.

– Hm... – Kapral zatrzymał się na chwilę. – A jakim głosem mówi? Zwykłym głosem czy szepcze?

– Zwykłym, nawet trochę głośnym, panie dowódco. – Żołnierz spuścił oczy.

– A jak umarł jego brat? – badał kapral.

– Niemcy wrzucili go do dołu z wapnem. – Okularnik wetknął palec pod lewą soczewkę, usiłując złowić spływającą łzę.

– Co? Do dołu z wapnem? – wrzasnął kapral.

– Do dołu z wapnem, panie dowódco.

Dziewiątka żołnierzy wróciła do postawy baczność.

– Dobrze, jeśli to dół z wapnem i on mówi głośno, to dołącz do pozostałej trójki. We czterech meldujecie się teraz u głównego kucharza, Pinto, i mówicie mu, że kapral Joszua was wysłał, gotowi?

– Tak jest, panie dowódco – odpowiedzieli w czwórkę i odmaszerowali w zaskakującym porządku.

– Dobrze, są wśród was impotenci albo tacy, co się moczą w nocy?

Nikt nie podniósł ręki. Kapral podejrzliwie obserwował twarze żołnierzy. Z jego oczu bił smutek.

- Myślicie, że jestem palcem zrobiony? Na czterdzieści sześć żołnierzy żaden się w nocy nie moczy? I wszyscy pierdolą jak króliki?

- Czterdziestu sześciu, panie dowódco - szepnął dyżurny - i nie ma moczących się ani impotentów, bo to pobór kategorii A, panie dowódco.

- Świetnie, dyżurny - uniósł się dowódca. - Skoro jesteś taki mądry, zrobisz tej nocy trzy warty, sam, to będziesz miał dużo czasu na myślenie, jak bardzo warto było zamknąć gębę. Chyba że jest tu ktoś z traumą, kogo przepuściłem?

- Panie dowódco, ja mam ciężką traumę z dzieciństwa - wyrwał się wielki blondyn z lewej - ja się z nim podzielę godzinami warty.

- Ho... ho... ho, nie tak szybko, żołnierzu, jaką masz dokładnie traumę?

- To, to w związku z moim bratem i nie chciałbym o tym mówić, panie dowódco.

Pospiesznie podniósł swój plecak i zdążył zrobić krok w stronę dyżurnego.

- Stać - zatrzymał go dowódca. - I milcz, jak do mnie mówisz! Ja chcę, żebyś mi tutaj i teraz opisał tę traumę.

Blondyn zawrócił.

- Poszliśmy na Pustynię Judzką i... i mój brat zasłabł i rozciął sobie głowę...

- To jest trauma? - przerwał mu dowódca ze śmiechem.

- Pan tam nie był, panie dowódco, były całe strumienie krwi, założyli mu czternaście szwów na głowie, od tego czasu nie jestem w stanie z...

– OK, żołnierzu, to było bardzo koleżeńskie wyjście, ja to cenię, ale nie ze mną te numery. Dyżurny postoi na warcie sam, może dzięki temu nauczy się być człowiekiem, a ty... jak się nazywasz?

– Alon, panie dowódco.

– Tak, ty, Alon, na razie go zastąpisz jako dyżurny.

Kochi 3

Na imprezę z okazji zwolnienia przynieśliśmy Kochiemu w prezencie książkę, *Rury* Etgara Kereta.

- Gówniana książka. - Kochi skrzywił gębę. - Poza dwoma... przepraszam, trzema opowiadaniami, reszta to syf. Dzisiaj każdy dureń może wydać książkę w jakimś lilipucim wydawnictwie i stracić na tym kupę szmalu, wszystko dla infantylnej nadziei, że w końcu uda mu się dzięki temu popierdolić.

Prawda jest taka, że Kochi raczej miał rację i jedyną przyczyną, dla której Akiwa kupił książkę, było to, że została przeceniona.

- Wiesz, Zohar, znam osobiście tego Etgara, taki mięczak, robi, co mu mówię, chcesz zobaczyć?

- Zostaw, Kochi, chodź, zjedz ciastko i spadamy, zrobiło się późno - poprosiłem.

- No, Zohar, to moje przyjęcie, daj się trochę pobawić. Zobacz, jak mu pokazuję, kto tu rządzi.

Kochi zaczął chodzić po suficie i godzić w jedność czasu i akcji za pomocą różnych wrednych intryg i złośliwych sztuczek.

- Naprawdę, Kochi, przestań. W końcu będzie nas to kosztowało dwa złote.

Kochi dalej z premedytacją burzył spójność fabuły.

- Nie bój, Zohar, ten Etgar to cienias, znam go nie od dzisiaj, nie przestanie nam

Syzyf

Co tydzień ta sama historia. Piątek, kwadrans po czwartej, ja już w dresie, Jakub za pięć minut ma wpaść mnie zabrać, a ona zawsze musi powiedzieć: „Może dzisiaj nie pójdziesz? Wiesz, jak ojciec się obraża, kiedy nie zostajesz na kidusz". I za każdym razem muszę jej na nowo tłumaczyć, że codziennie haruję jak wół, biorąc dodatkowe godziny, żeby zapłacić za dom starców dla jej ojca, i piątek po południu to jedyny czas, kiedy mogę spotkać się z przyjaciółmi, pograć trochę w piłkę i zapomnieć o kłopotach. I co tydzień na nowo ona musi powiedzieć: „Ojciec pyta, czy jestem wdową, że mąż nie siedzi obok mnie przy stole". A ja zawsze jej mówię, żeby powiedziała swojemu staremu intrygantowi, że owdowiała, a jeśli chce, żeby mąż jego córki wrócił do życia, to niech przestanie *gełt* z nas wysysać przez cały czas i przeniesie się ze swojego pięciogwiazdkowego domu starców do miejsca z normalniejszymi cenami. To wtedy ta suka musi zawsze powiedzieć: „Wierz mi, Mosze, z takim mężem jak ty lepiej być wdową". Za każdym razem od nowa się wściekam, trzaskam za sobą drzwiami i potem przez całą grę o tym myślę. O kłótni i o niej, o całym tym gównie, którym karmią mnie w pracy i którego jeszcze muszę nażreć się w domu, i już cała frajda z gry przepada. Ale to jeszcze nic. Najbardziej denerwuje, że co tydzień od nowa wracam do domu, a ona jakby specjalnie czeka na mnie zapuchnięta na klatce schodowej. „Ojciec odszedł - mówi - nie ma ojca". A ja głowę mam jeszcze zajętą grą i zabiera mi jakieś pięć minut zrozumienie, że nie chodzi o to, że ojciec poszedł do domu, tylko że wykorkował. Każdego tygodnia od nowa ten staruch musi zadławić się ością od ryby w środku kolacji. Umrzeć na rękach mojej żony. „Rzęził, a ja nie wiedziałam, co robić" - płacze i przytula się do mnie. „Gdybyś tu był, może mógłbyś coś zrobić", zawsze musi dorzucić, „przecież jesteś kierowcą karetki, znasz się na tym". I te słowa kłują mnie jak nożem. Potem przez cały tydzień kręcę się ze śmierdzącym poczuciem winy, za każdym razem od nowa, jak idiota, nigdy się nie uczę.

Szlomo-Homo-Pizda-w-Domu

Pani, co przyszła na zastępstwo, kazała wszystkim ustawić się w pary. I tylko Szlomo-Homo-Pizda-w-Domu został sam.

– Ja będę twoją parą – powiedziała Pani na zastępstwie i podała mu rękę.

I tak chodzili po parku, a Szlomo-Homo widział łódki na sztucznym jeziorku i olbrzymi pomnik pomarańczy, a jeden ptaszek nasrał mu na czapkę.

– Gówno ciągnie do gówna – krzyknął z tyłu Julek i wszystkie dzieci się śmiały.

– Nie zwracaj na nich uwagi – powiedziała Pani na zastępstwie i spłukała mu czapkę pod kranem.

Potem przyszedł lodziarz i wszyscy kupili u niego lody. Szlomo-Homo zjadł loda Pingwin, a jak skończył, wsadził patyk w szparę między płytami chodnika i udawał, że to rakieta. Inne dzieci przewracały się po trawniku i tylko on i Pani na zastępstwie, która paliła papierosa i wyglądała na zmęczoną, stali na ścieżce.

– Proszę pani, dlaczego wszystkie dzieci mnie nienawidzą? – zapytał Szlomo-Homo-Pizda-w-Domu.

– A skądże ja mam to wiedzieć? – Pani wzruszyła ramionami. – W końcu jestem tylko na zastępstwie.

Tajemnicze zaginięcie Alona Szemesza

W środę Alon Szemesz nie przyszedł do szkoły, więc kiedy nauczycielka Nawa rozdawała powielaczowe odbitki, dała Dżekiemu dwie, bo on jest najlepszym przyjacielem Alona Szemesza, a też ich rodziny się znają i w weekendy jeżdżą razem na wycieczki, słowem było całkiem normalne, że przekaże mu lekcje.

- I nie zapomnij, Jakubie, życzyć Alonowi szybkiego powrotu do zdrowia od całej klasy - dodała.

Dżeki, który jest trochę łobuzem, zrobił taki ruch głową „dobra, dobra, spadaj", ale nauczycielka myślała, że to znaczy tak.

W czwartek rano również Dżeki nie przyszedł.

- Na pewno się zaraził - zaszczebiotała ta prymuska, Awiwa Karantensztajn.

- A gdzie tam, na pewno urwali się razem z rodzinami robić piknik nad Genezaret - powiedział Meir Soben.

- Cisza, dzieci! - zażądała nauczycielka Nawa. - Kto z was zgodzi się zanieść naszym chorym kolegom lekcje?

- Ja zaniosę Alonowi - zgłosił się Juwal - on mieszka niedaleko ode mnie.

- A ja Jakubowi - pospieszyła się Dikla, zanim ktokolwiek zdążył coś powiedzieć. Wszyscy wiedzą, że kona z miłości do Dżekiego i wszyscy się roześmiali.

– Nie wolno wyśmiewać dobrej woli pomocy choremu koledze. Sama zadzwonię, żeby mu życzyć zdrowia i spokoju.

– Jaka dobra wola, ona ma chuja w oczach – szepnął Gefni na cały głos i wyleciał z klasy.

Następnego dnia także Juwal i Dekla nie przyszli.

– Ja nic nie wiem o innych – powiedział Soben – ale Juwal nie przyszedł z powodu sprawdzianu z geografii, założę się, o co chcesz.

– Może zachorowali na tyfus, w czytance było napisane, że pierwsi osadnicy bardzo od tego cierpieli... – zaczęła Awiwa Karantensztajn, ale Gefni pogroził, że spali jej wszystkie zeszyty, więc się zamknęła.

– Próbowałam dodzwonić się do naszych chorych, ale nie było żadnej odpowiedzi – powiedziała nauczycielka Nawa. – Nie ma wyjścia, będę musiała zajrzeć do nich do domu. A na razie zabraniam wam ich odwiedzać, aż do sprawdzenia, że nie stanowią zagrożenia dla zdrowia.

Po szkole spotkaliśmy się całą klasą w parku Króla Dawida koło drzewka morwy.

– Kto nam będzie mówił, czy mamy odwiedzić naszych kolegów, czy nie? – krzyczał Meir Soben.

– Za kogo ona się ma – Gefni także się gorączkował. – Zasadnicza sprawa: wszyscy idą dzisiaj odwiedzić Dżekiego. I bez wykrętów, Karantensztajn, przysięgam na moją matkę, jeśli nie pójdziesz, połamię ci wszystkie twoje pierdolone flamastry.

Na koniec nie mogłem pójść, bo mama zostawiła mi kartkę, że ma przyjść technik od lodówek, a ona wróci dopiero późno. Więc zostałem, ponury, w domu. Wiedziałem, że Gefni mi uwierzy, ale na pewno będą tacy, co powiedzą, że jestem tchórzem.

W piątek tylko ja i Miszel-Francuzik przyszliśmy do szkoły. Nie przyszła nawet nauczycielka. Miszel-Francuzik powiedział, że nikt mu wczoraj nie mówił, żeby przyjść do parku Króla Dawida, to poszedł do domu. Postawiliśmy kosz na śmieci na stole i przez całe rano graliśmy kredami w rzucanie do celu na punkty.

Minął już tydzień od tamtego czasu i zostaliśmy z Miszelem strasznie dobrymi przyjaciółmi. Nauczył mnie różnych francuzikowatych gier i bawiliśmy się super. Mama mówi, że to bezczelność, co dzieje się w szkole, i chce zorganizować rodziców, ale poza domem Miszela u nikogo nikt nie odbiera i także do dyrektora nie udało jej się dodzwonić. Sekretarka jej powiedziała, że trzy dni temu telefonował i powiedział, że spóźni się trochę rano, bo chce odwiedzić nauczycielkę Nawę, i od tej pory nie miała od niego wiadomości. Mama całą tę historię odbiera bardzo ciężko i cały czas pisze listy do Ministerstwa Oświaty i pali papierosy.

– Pani Awada, proszę się nie martwić – Miszel cały czas próbuje ją uspokoić – na pewno wszyscy pojechali na piknik nad Genezaret.

Może ma rację, sam już nie wiem, albo może rację miała Awiwa Karantensztajn i naprawdę wszyscy umarli na tyfus.

Dni jak dzisiejszy

– Pamiętam dokładnie, co powiedziałem: najpierw poprosisz sierżanta o zgodę i dopiero kiedy się zgodzi, zejdziesz do jadalni.

– Ale powiedział pan wyraźnie...

– Pamiętam dokładnie, co powiedziałem, Hirsz – przerwał mu kapral i uśmiechnął się – więc co, chcesz powiedzieć, że jestem kłamcą? – Uśmiech na jego twarzy był szyderczy i jadowity, wiedzieli obaj, i on, i Joaw, że kłamie, wiedzieli obaj, i on, i Joaw, że nie można tego udowodnić, wiedzieli obaj, że Joaw nic w związku z tym nie może zrobić, a on jeszcze lepiej. Bywały dni, że Joaw by nie odpuścił. Coś by zrobił. Może odwróciłby głowę, jakby odpuszczał, jakby miał zamiar odejść, po czym szybko by podszedł, z karabinem, kolbą prosto w szydzący pysk. Kiedyś na wycieczce harcerskiej złamał nos dzieciakowi, który ukradł kompas. Nie jego kompas, kogoś innego. Nienawidził złodziei, a kłamców jeszcze bardziej.

– No więc mówisz, że jestem kłamcą, Hirsz? Czekam na odpowiedź.

– Nie, panie kapralu, widocznie się pomyliłem, panie kapralu.

Te dni były dalekie od dzisiejszego, bardzo dalekie. To oświadczenie nie wystarczyło, miał godzinę warty w nocy, żeby odpokutować pomyłkę.

Ta godzina warty była między drugą a trzecią. Zasrana godzina. Kapral przyszedł, żeby sprawdzić. Znalazł go w bramie pawilonu trzęsącego się z zimna.

– Ty jeszcze będziesz w porządku, Hirsz. – Klepnął go po plecach. – Jesteś trochę arogancki, ale ja jeszcze zrobię z ciebie człowieka.

– Tak, szefie. – Joaw uśmiechnął się do niego wymuszonym uśmiechem, tłumacząc sobie, że to wojsko i że musi się zamknąć, bo nic nie zyska, jeśli będzie się stawiał. Kapral wpatrywał się w ten sztuczny uśmiech na jego twarzy i był dumny jak z poskromionego psa, co nauczył się nowej sztuczki. Anglik pojawił się, żeby go zmienić piętnaście minut przed czasem. Anglik naprawdę był w porządku. Kiedy przyszedł, zastał Joawa płaczącego ze wstydu. Joaw, gdy go zobaczył, zawstydził się jeszcze bardziej, a łzy, zamiast przestać płynąć, puściły się tym obficiej.

– Nie ma co płakać – powiedział Anglik i wzrok wbił w ziemię – zrobiłeś najmądrzejszą rzecz, jaką można zrobić, dokładnie co trzeba. A potem: – Idę się wyszczać.

Znikł w cieniu i wrócił dopiero, jak Joaw przestał płakać. Anglik naprawdę był w porządku.

Na porannym apelu kapral ogłosił, że od dzisiaj Joaw będzie dyżurnym, a do Joawa powiedział przy wszystkich, że ma nadzieję, że się wykaże. A Joaw mówił: „Tak, szefie", „Nie, szefie" i „Odczytać rozpiskę zajęć, szefie?". I też nie wartował po nocach, bo dyżurny nie ma wart. A w piątek wyszedł na przepustkę do domu, podczas gdy wszyscy zostali, bo taka jest reguła. W drodze do bramy, kiedy opuszczał jednostkę, czuł się jak ukarany, jak zesłany na wygnanie. A w domu przez cały ten przygnębiający weekend przeklinał sam siebie za to upokarzające zwolnienie. Kiedy wrócił w niedzielę, przywiózł Anglikowi „Jerusalem Post", kupioną na dworcu, a Baumanowi, co spał na łóżku nad nim, gąbkę do epoletów od kamizelki kuloodpornej, tak jak prosił.

W środę, zanim wyszli na strzelnicę, kapral wysłał go po papierosy, a on pobiegł do kantyny jak szczeniak i wrócił z paczką noblesów. Raz-dwa, w trzy minuty i wszystko bez potrzeby wyznaczania mu czasu wykonania zadania.

– Proszę, oto papierosy, szefie. – Sapiąc, podał kapralowi paczkę i resztę.

– Świetnie, Hirsz. – Kapral wrzucił monety do kieszeni koszuli i wyciągnął z niej plastikową zapalniczkę. – Chcesz papierosa? – zapytał.

– Nie, szefie.

– Nie to nie – uśmiechnął się kapral i przypalił sobie papierosa – to i lepiej.

Joaw zobaczył swój oddział, z sierżantem na czele, schodzący na plac ćwiczeń, i ruszył w jego stronę.

– Hirsz – krzyknął za nim kapral.

Joaw zawrócił.

– Nie zapomniałeś czegoś? – zapytał go kapral.

Joaw szybko przebiegł po sobie spojrzeniem, broń miał na sobie, przyłbicę także. Zmieszał się trochę. Nie wiedział, czego zapomniał.

– Reszta, Hirsz, reszta – powiedział kapral niecierpliwie.

– Ale oddałem ją przed chwilą...

– Nic mi nie dałeś, Hirsz. Warto może, żebyś sprawdził w kieszeniach albo biegnij sprawdź w kantynie. Może tam zapomniałeś.

– Ale... – powtórzył znowu Joaw.

– Nic się nie nauczyłeś. – Kapral pokiwał głową z udawanym rozczarowaniem. – Niczego przez ten miesiąc nie udało mi się ciebie nauczyć. Chcę, żebyś teraz pobiegł do kantyny i w ciągu trzech minut wrócił z resztą.

– Ale... – próbował Joaw.

– ...i uważaj ze mną, Hirsz – mówił kapral dalej, ignorując mamrotania Joawa – jeśli jest coś, czego naprawdę nienawidzę, to złodzieje. – Podły uśmieszek pojawił mu się na twarzy. – Kłamcy i złodzieje.

A Joaw ciągle sobie tłumaczył, że to jest wojsko i wszyscy tu żrą gówno, i usiłował przypominać sobie jeszcze i jeszcze, że to, co robi, to jest dokładnie to, co trzeba. Ale bywały dni, kiedy Joaw nie odpuszczał, pamiętał je, te dni, kiedy robił rzeczy dokładnie najgłupsze, jakie tylko można było zrobić. Zwrócił głowę w stronę kaprala, a jego ręce zacisnęły się wokół ciężkiej kolby i mocniej chwyciły karabin.

Kołysanka czasu

Każdego wieczoru po błogosławieństwie i posiłku szliśmy bez dyskusji do sypialni, wchodziliśmy do łóżek, przykrywaliśmy się grubo tkanymi pledami i czekaliśmy. Mama wchodziła cichym krokiem, przechodziła od łóżka do łóżka, wygładzała ręką pledy, likwidując w ten sposób każdą fałdkę i zmarszczkę, zamieniając koniuszkami palców dotknięcie szorstkiego splotu na bardziej przyjemne. Kiedy kończyła obchód łóżek, przysiadała na brzegu jednego z nich, dotykała lekko kostki u nogi leżącego w nim szczęściarza i zaczynała mruczeć dziwną powolną melodię. Jej monotonny rytm, zlewający się z tykaniem wahadłowego zegara, ciągnął się długo. Stopniowo mama spowalniała rytm piosenki, wydłużała słowa i rozciągała dźwięki, a razem z piosenką zwalniał miarowy ruch wahadła. Wbijaliśmy urzeczone spojrzenia w stopniowo zatrzymującą się wskazówkę minutową, w wahadło zwalniające swój ruch aż do zupełnego zatrzymania, do ostatniego zamarłego na ustach mamy dźwięku.

Każdej nocy wpatrywaliśmy się we wskazówki w osłupieniu. Jest jakieś majestatyczne piękno w usypiającym czasie. Nie potrafię wytłumaczyć, jak się czuliśmy, nawet sam sobie. W świecie pozbawionym czasu nie ma miejsca na tłumaczenia, ale to było tak, jakbyśmy przez chwilę mogli widzieć życie takie, jakie jest, niewinne i przejrzyste, bez domieszki mętnych chęci i ambicji.

Nie mogę powiedzieć, że wstawałem potem rano do szkoły mądrzejszy czy więcej rozumiejący. Ale w pewien sposób, nawet jako dziecko, czułem, że piosenka mamy obdarza mnie jakimś rodzajem spokoju, pozbawionego strachów i obaw wytchnienia, wolnego od pożądań i zdradliwych myśli.

Pamiętam ostatnią piosenkę, którą mama śpiewała, leżąc w zmiętej pościeli. Nie było nikogo, kto wygładziłby fałdy. Wszyscy staliśmy wokół łóżka, słuchając jej wyczerpanego i słabnącego głosu, jeszcze raz przeciągającego nieznane nam słowa. Nasze łzy sączyły się powoli przez warstwy powietrza, dosięgając w końcu podłogi. Tego wieczoru czas zamknął oczy, ale dla nas nie zasnął. I kiedy kołysanka ustała przed końcem, wrócił i zaskoczył nas ze zdumiewającą szybkością. Nie wiem, do czego tęsknimy bardziej, do kołysanki czy mamy. Wiem, że od tej pory usiłujemy wszyscy uśpić czas.

Jedynym, któremu udało się to zrobić, i to na zawsze, był mój starszy brat Jakub. Przed dwoma laty został śmiertelnie raniony nożem podczas kłótni na placu Zegara. Ahuwa i Wered wyszły za mąż, Ahuwa jest przedszkolanką, a Wered ma świetną pracę w Powszechnej Kasie Chorych, ale również w nich wyczuwam tęsknotę, pokusę przypominania sobie znanej piosenki. A ja? Czasem próbuję ją sobie śpiewać rano, kiedy jadę autobusem do pracy, albo w biurze, kiedy zostaję na nadgodziny. Ale mój elektroniczny zegarek nie ulega wpływowi kołysanki, którą mu śpiewam. Może dlatego, że nie rozumiem słów. A może nie mam dość cierpliwości.

Ja i Ludwig zabijamy Hitlera bez powodu (albo wiosna berlińska)

– Jeszcze kiełbaskę? – zaproponował wspaniałomyślnie Ludwig.

– Dziękuję, już jestem najedzony. – Klepnąłem się po brzuchu.

– Najedzony? – powtórzył Ludwig oczarowany. – Tyle czasu już nie słyszałem tego słowa.

Wpatrywał się w leżącego na stole kabanosa z jawną sympatią, jak w starego przyjaciela, który pomógł mu przywrócić miłe przeżycia z dzieciństwa, gładząc dłonią jego skórkę z nostalgiczną pieszczotą. Na zewnątrz słychać było raz po raz odgłosy bombardowania, a kto przytknąłby twarz do szyby okiennej, mógł zobaczyć płonący kościół francuski i latarnie uliczne ułożone na chodniku niczym wartownicy, którzy zasnęli na służbie. Ludwig cofnął twarz od szyby, a w miejscu, gdzie jej dotknął, została tłusta plama.

– Ci brudni Rosjanie nie uspokoją się, dopóki w Berlinie zostanie choćby kamień na kamieniu – syknął gniewnie, przebiegł spojrzeniem po pokoju w poszukiwaniu czegoś, co mógłby roztrzaskać, ale nie było tam nic oprócz stołu, dwóch krzeseł i resztki kiełbasy. Jego wzrok zatrzymał się na mnie. Uśmiechnął się. – Taką kiełbasę trzeba by przepłukać piwem – zanucił radośnie. – Tyle że nie ma. – Wzruszył ramionami, jakby sobie przypomniał.

– Wyjdźmy może na spacer – zaproponował Ludwig – to ułatwi trawienie.

Pomogliśmy sobie nawzajem włożyć płaszcze. Ludwig zniknął w sąsiednim pokoju i wrócił ze starą strzelbą myśliwską.

– Dostałem ją od dziadka Güntera na siedemnaste urodziny – powiedział z błyskiem w oku – może uda nam się to wymienić na butelkę wina albo parę piw.

Wyszliśmy na zewnątrz, jakbyśmy zostali wrzuceni w obce miejsce. Ulica była zbyt brzydka jak na berlińską i było zimniej niż zwykle pod koniec kwietnia. Ludwig trzymał broń pod pachą, na rękach miał parę znoszonych wełnianych rękawiczek.

– Marsz pomoże nam się rozgrzać – szepnął głosem pełnym nadziei.

Szliśmy w dół aleją, a Ludwig chuchał w skupieniu na swoje dłonie, jakby para z ust mogła pozatykać dziury w zniszczonych rękawiczkach. Nieliczne stojące latarnie nie paliły się, ale płonące dookoła budynki dostarczały nam dość światła. Ludwig zatrzymał się przy ogłoszeniu, na którym widniał Führer. Wskazał na nie i powiedział z dumą:

– Chodziliśmy do tej samej szkoły w Linzu, on był dwie klasy niżej. – Pogłaskał wzrokiem strzelbę, która tkwiła jakby zapomniana pod jego pachą, a w oczach pojawił mu się wcześniejszy miły, nostalgiczny wyraz. – Pod koniec tego samego roku w Linzu dziadek Günter dał mi tę strzelbę. Byłem wtedy z Anną, moją pierwszą dziewczyną. – Ludwig spojrzał na swoje palce prześwitujące przez podartą wełnę. – Adolf był w niej zakochany, przynosił jej kwiaty, słodycze, obrazki, które sam malował.

Litowałem się nad tym małym chłopakiem, był tak niski, że sięgał Annie dotąd. - Ludwig podniósł lewą rękę na wysokość brody. - Poza tym był młodszy od nas, zupełne dziecko. Jeszcze nie miał wówczas tych śmiesznych wąsików - pokazał na obwieszczenie. - Było coś bardzo żałosnego w tym uganianiu się za Anną, chociaż ona traktowała go zawsze z cierpliwością i szacunkiem. Pewnego dnia przyszła pokazać mi portret, jaki jej namalował. Przystawiła sobie ten obraz z boku twarzy, nie było prawie żadnego podobieństwa. Anna wprawdzie była ładna, ale postać na obrazie to było o wiele więcej, skończona piękność, ale jak te walkirie, o których uczyliśmy się na lekcjach literatury. Anna nie pozwoliła mi tknąć palcem obrazu, powiedziała, że mnie porzuca i że kocha Adolfa.

Ludwig westchnął, a ja mogłem jedynie podążać za oddalającym się obłokiem pary.

- „Jesteś wspaniały - powiedziała - i wcale niegłupi, ale bez wyobraźni. Podczas gdy Adolf - oczy jej rozbłysły - Adolf jest artystą". Całe popołudnie spędziłem na dachu z nową strzelbą od dziadka, wyobrażając sobie, jak zabijam jego, ją i siebie - wymierzył strzelbę w stronę niewidocznego celu. - Bum! - z jego ust wydobył się odgłos strzału. - A ona powiedziała, że nie mam wyobraźni. - Uśmiechnął się do mnie smutno.

Przeszliśmy jeszcze parę kroków i Ludwig nagle się zatrzymał.

- Artysta - wypluł słowo z pogardą. - Powiem ci coś o sztuce - dorzucił z gniewem. - Brat mojej matki, Zygfryd, rzeźbił w żółtym serze, ten idiota mógł w nim ryć całymi godzinami. Za każdym razem, kiedy nadchodziła pora posiłku, rzeźbił coś innego: konia, gołębia, meksykański kapelusz. Matka ustawiała z tych figurek wystawę na kredensie, a po trzech dniach były tak wyschnięte i śmierdzące, że trzeba je było wyrzucić do diabła.

Ludwigowi, spłoszonemu nagłym widokiem jednej z leżących na ziemi latarni, karabin wyślizgnął się spod pachy na chodnik. Pochylił się, by go podnieść. Kiedy się wyprostował, nasze spojrzenia spotkały się.

– Żółty ser trzeba jeść – orzekł zdecydowanym tonem.

Wchodząc na Alexanderplatz, natknęliśmy się na zwłoki. Ludwig niezgrabnie odwrócił je na plecy i spróbował wyczuć puls w miejscu, w którym nigdy nie mógł on bić. To było ciało młodej kobiety, w sukni przesiąkniętej krwią. Również teraz, po śmierci, jej twarz pozostała wykrzywiona w wyrazie bólu. Ludwig oparł strzelbę o ogrodzenie jednego z domów i uniósł dziewczynę w ramionach. Nie było gdzie jej pochować. Ułożył ją delikatnie na tylnym siedzeniu zaparkowanego nieopodal i otwartego volkswagena. Zdjął płaszcz i przykrył nim umęczone ciało. Potem wrócił, by zabrać swoją starą strzelbę, i podjęliśmy na nowo nasz spacer.

– Spójrz, jaki dziwny wieczór – powiedział Ludwig drżącym głosem, rękami ściskał marynarkę, jakby próbując powstrzymać zimno. – Oddałem młodej pannie płaszcz, a nie wiem nawet, jak ma na imię. Do licha – ciągle się trząsł – nie znam nawet koloru jej oczu.

Niedaleko ruin opery Ludwig znalazł trzy osmalone butelki wina i pijaka. Pijak ubrany był w zmiętoszoną wieczorową marynarkę, butelki – puste.

– Szanowni panowie, wybaczcie mi, proszę – złożył nam ukłon, tracąc niemal przy tym równowagę – czy macie może coś, co pomogłoby zapomnieć o tym szatańskim bólu, który rozsadza mi głowę?

– Mam tylko parę rękawiczek i strzelbę – odparł Ludwig rozczarowany, badając jedną z pustych butelek.

Pijany próbował palcami oszacować średnicę lufy.

– Nie, za mała. – Pokręcił głową. – Widocznie niebiosa nakazują mi cierpieć dalej. – Oparł się plecami o latarnię i osunął do pozycji siedzącej, próbując mętnym spojrzeniem ogarnąć ruiny opery. – Poziom dbałości o budynki publiczne w Berlinie doprawdy zawstydza – skonstatował. Lewą ręką pociągnął za fałdę spodni. – Proszę przypomnieć mi jutro o napisaniu ostrego listu do rady miejskiej.

Ludwig nadal trzymał butelkę, choć stracił dla niej wszelkie zainteresowanie.

– Spacerujemy już niemal godzinę i nie spotkaliśmy żywej duszy.

Można było zobaczyć po nerwowym dygocie przenikającym jego ciało, że przypomniała mu się dziewczyna.

– Oczywiście – powiedział pijak – nie spotkaliście nikogo, bo wszyscy są na koncercie Filharmoników.

– O czym pan mówi? – rozgniewał się Ludwig. – Filharmonicy nie grali już od przeszło dwóch lat.

– Ale artylerzyści – pijak wskazał na niebo – byłem pewien, że znowu grają tysiąc osiemset dwunastą.

Ludwig z rozpaczą rozbił pustą butelkę.

– Nie ma nikogo w tym mieście cieni – szepnął i spojrzał na mnie. – Nawet ty jesteś przezroczysty.

Zbadałem swoją dłoń na tle płomienia trawiącego kościół francuski, miał całkowitą rację.

- *Ars longa, vita brevis* - powiedział pijany ze smutkiem.

- Przepraszam? - zdumiał się Ludwig, w spojrzeniu miał wyraz zmieszania.

- Nie, nie - upierał się pijany bohatersko - to ja powinienem przeprosić.

Odgłos kaszlu postaci pochylonej nad kawiarnianym stolikiem poderwał nas z miejsca. Dziwne, jak cichy mógł zdawać się Berlin, kiedy się już przyzwyczaić do huku bombardowania. Idąc w stronę kawiarni, Ludwig przeczesał ręką włosy jak przy ostatnich nerwowych przygotowaniach przed ważnym spotkaniem. Człowiek przy stoliku ubrany był w modny kremowy prochowiec, gładko ogolona twarz w jakiś męczący sposób wydawała się znajoma, małe oczka utkwił w rozłożonej przed nim i zastawionej figurami szachownicy.

- Ciekawe, bardzo ciekawe - mamrotał do siebie - w jaki sposób białe mogą dać mata w trzech ruchach?

Ludwig zmrużył oczy w wysiłku przypomnienia sobie czegoś, nagle uśmiechnął się i podbiegł radośnie do mężczyzny w płaszczu.

- Adolf, to ty, przez chwilę cię nie poznałem bez tych głupich wąsów - krzyknął, przykładając palec do górnej wargi w zastępstwie nieobecnych wąsów. - Doprawdy, Adolf, nie wiesz, jak się cieszę, że spotkałem znajomą twarz w tym pustym mieście. Krążę już ponad godzinę i nie spotkałem żywego ducha, jakby całe to zafajdane miasto bawiło się ze mną w chowanego.

Hitler dalej wpatrywał się z zainteresowaniem w szachownicę, większość pozostałych stolików zajęta była sobą, a mnóstwo pionków i figur leżało rozrzuconych po ziemi.

– Adolf, to ja, Ludwig, Ludwig z Linzu, dlaczego nic nie mówisz? – Ludwig dotknął miękko ramienia człowieka w prochowcu.

– Naprawdę bardzo skomplikowany problem – mruczał Hitler całkowicie zatopiony w sobie, lewą ręką pocierając kark.

– To poniżej twojej godności odpowiedzieć mi, hę? – wycedził Ludwig ze złością. – Nie będę więc trudził cię rozmową, Führer – ostatni wyraz bryznął z jego ust przesadnie podkreślony. – Wszystko, co masz do roboty, to wysłuchać.

Ludwig oparł się o strzelbę i zaczął mówić marzycielskim głosem.

– Miałem młodszego brata, Karla, nie znałeś go, był ode mnie zdolniejszy. Rodzice wysłali go na studia do Wiednia, ale jak rodzina zubożała i musieliśmy emigrować do Niemiec, Karl przerwał studia i zaczął się imać okazyjnych prac. Kiedy zaczęła się wojna, wstąpił szybko do SS i w krótkim czasie został oficerem. Przed zmobilizowaniem był zawsze wesoły, uśmiechnięty, pogwizdujący, dusza towarzystwa na każdym spotkaniu. A później – Ludwig pokręcił głową ze smutkiem – później chodził po ulicach z twarzą pozbawioną wyrazu, jak zombi. Przed dwoma miesiącami zastrzelił się ze swojej służbowej broni i wszystko to przez ciebie, gnojku – płacz wstrząsał głosem Ludwiga – wszystko przez ciebie.

– Muszę przyznać – mamrotał Hitler – że problem wydaje się prawie nie do rozwiązania.

Ludwig spojrzał na niego z gniewem w wilgotnych oczach.

- Gnojek - wycedził ponownie, a jego zabytkowa broń wystrzeliła.

- To dziwne - powiedziałem do Ludwiga po zlustrowaniu szachownicy. - Jak można dać mata, jeśli wśród figur nie ma króla?

- Chodź, wracamy do domu - wyszeptał Ludwig - jestem zmęczony.

Szliśmy w milczeniu. Przy wyjściu z Alexanderplatz Ludwig otarł wilgotną twarz wierzchem dłoni.

- Przykro mi z powodu tej zawstydzającej sceny w kawiarni - pochylił głowę - nie rozumiem, co mi się stało, jakby jakiś napad szaleństwa zawładnął moim ciałem. I te wszystkie głupstwa, które mówiłem, przecież nawet nie mam brata.

- On zrobił wiele złego, zasłużył na śmierć - spróbowałem go pocieszyć.

- Być może - powiedział Ludwig - ale nie dlatego strzeliłem.

Przeszliśmy jeszcze kilka kroków w ciszy bombardowania, kiedy z gardła Ludwiga wydobył się zniekształcony śmiech, podobny bardziej do rzężenia.

- Miałem młodszego brata, Karla... - przedrzeźniał swój głos - a ona mówiła, że nie mam wyobraźni.

Na ścianie jednego z domów wisiało ogłoszenie, a na nim zdjęcie Führera, porównałem je z zachowanym w pamięci obrazem człowieka z kawiarni.

- Miałeś rację, Ludwigu - powiedziałem - doprawdy lepiej wyglądał bez wąsów.

Śmiercionośny uśmiech Hansa

Nie to, że próbuję cię przestraszyć albo co, byłem nawet wśród jedynych w dzielnicy, którzy nie wierzyli w śmiercionośny uśmiech Hansa. Jeszcze pamiętam, jak przyszedłem do szkoły Centrum i pierwszy raz spotkałem Cwikę Pojeba, którego prawdziwe nazwisko było Apelfeld, ale wszyscy mówili na niego Cwika Pojeb, po ojcu aferzyście spożywczym, Ahronie Pojebie. Cwika pokazał mi Hansa, który miał sklep z ramami Wiedeń – na cześć swojego kraju pochodzenia. Cwika powiedział, że Hans jest synem diabła i jeśli ktoś go zobaczy uśmiechającego się, z miejsca umiera.

– I dlatego Hans, który wcale nie jest zły człowiek, zmusza sam siebie, żeby ani razu się nie uśmiechnąć, a już na pewno nie śmiać się, ale mimo wszystko warto dla większego bezpieczeństwa nie patrzeć mu w twarz.

Nie wiem, skąd się wzięła ta historia, ale wszyscy w nią wierzyli, a było bardzo łatwo, bo Hans naprawdę nigdy się nie uśmiechał. Tata powiedział, że to podła dziecinna bujda, a mama, że to człowiek samotny, co jest prawie przeciwieństwem diabła. I ja też myślałem, że to nie jest prawda, i nawet przekonałem Roniego Badichi, który jest najwyższym chłopcem w klasie i niczego się nie boi, żeby poszedł ze mną rozśmieszyć Hansa i pokazać wszystkim, że o tych diabłach to tylko takie oszukańcze gadanie.

– Ja z wami nie idę – powiedział Cwika Pojeb – nawet żeby z daleka popatrzeć. Mój brat mówi, że cztery lata temu na uroczystościach Dnia Niepodległości na placu Ordea Dubi Gal opowiedział dowcip, a Hansowi nie udało się powstrzymać takiego malutkiego śmieszku i dwie osoby z miejsca umarły, a jeszcze pięć, co tylko słyszały z daleka, jak się zaśmiał, zabrano do szpitala Belinson z malarią, co jest jak grypa, tylko że nigdy nie przechodzi.

W końcu poszliśmy sami, bo wszystkie inne dzieci przez te opowieści Cwiki Pojeba się bały i powiedziały, że poczekają na nas na podwórzu szkoły.

Weszliśmy do sklepu Hansa, był tam obraz z człowiekiem bez ubrania, co miał w rękach wbite gwoździe, i mapy krajów, których w ogóle nie ma, i gobelin z kobietą, która usiadła odpocząć, ale z tyłu zakrada się potwór i mnóstwo kawałków drewna z ram, które ktoś pewnie połamał. Hans podszedł do nas i zapytał:

– W czym mogę wam pomóc, młodzi panowie?

Od razu zauważyłem, że mówi strasznie śmiesznie, nawet jak na samotnego, i że patrzy na nas takim przerażającym spojrzeniem, i strasznie mnie brzuch rozbolał. Chciałem już uciec, ale Roni przytrzymał mnie za rękę i opowiedział umówiony dowcip. To znaczy ja chciałem, żebyśmy opowiedzieli dowcip o Francuzie i Angliku, co kradną samolot, ale Roni się uparł, że trzeba opowiedzieć coś świńskiego, bo inaczej dorośli nigdy się nie śmieją. W czasie kiedy Roni opowiadał ten dowcip, Hans patrzył mi prosto w oczy. I wiedziałem, że zaraz umrę. I że na doroczny Marsz Góry Tabor tata będzie musiał pójść sam, bo mama bardzo by chciała, ale ma migrenę, i strasznie posmutniałem. Dlatego nie zwróciłem uwagi, że Roni już dotarł do końca dowcipu. I kiedy wyrecytował: „...więc Josi powiedział tacie, «w dupie konia»", powinien był mnie szturchnąć, żebym nie zapomniał się śmiać, to znaczy, zgodnie z planem, mieliśmy się śmiać z dowcipu, chociaż już go znaliśmy, żeby pomóc się śmiać Hansowi. Hans zacisnął mocno usta i zrobił się czerwony na twarzy, a ja zrozumiałem, że wysila się, żeby się nie zaśmiać, żeby nas uratować. Chciałem uciec, ale nie mogłem się ruszyć. I wtedy Hans dał Roniemu po gębie i krzyknął:

– Łobuzy, uciekać mi stąd!

I obaj uciekliśmy, i nie przestaliśmy biec, aż dotarliśmy do podwórza szkoły.

Cwika Pojeb powiedział, że mamy szczęście, że Hansowi udało się powstrzymać od śmiechu, i jeszcze pomógł Roniemu zmyć pod kranem diabelską truciznę po tym spoliczkowaniu. Potem poszliśmy kupić w sklepiku czekoladę w torebce, a jego tata znowu oszukał nas przy reszcie.

Wesołe kolory

Dani miał około sześciu lat, kiedy pierwszy raz natknął się na *Cotygodniową malowankę dla dziecka*. Dzieci były proszone o pomoc wujkowi Icchakowi w znalezieniu zgubionej fajki i pokolorowanie jej na wesołe kolory. Znalazł fajkę, pokolorował na wesołe kolory i dodatkowo wygrał nagrodę rozlosowaną między tych, co prawidłowo rozwiązali zadanie - encyklopedię *Pejzaże ojczyste*. To był tylko początek. Dani pomógł Joawowi znaleźć jego psa, Zucha, Jael i Bili ich małą siostrzyczkę, policjantowi Awnerowi zaginiony pistolet, Amirowi i Amiemu, rezerwistom, ich patrolowego jeepa, i zawsze starannie zważał, żeby pokolorować na wesołe kolory.

Myśliwemu Liorowi pomógł znaleźć zająca, co się schował, żołnierzom rzymskim - Jezusa, Charlesowi Mansonowi dostrzec ukrywającą się w sypialni Sharon Tate, Jackowi i Jeffreyowi z policji londyńskiej zlokalizować Kubę Rozpruwacza, a wszystko to, nie zapominając o pokolorowaniu każdego z nich wesołymi kolorami.

Wiedział, że za plecami nazywali go Delator, ale nie zależało mu. Pomagał dalej. Pomógł George'owi odnaleźć schowanego Noriegę, nazistowskim żołdakom wykryć Annę Frank, narodowi rumuńskiemu przyskrzynić wymykającego się Ceauşescu i zawsze, ale to zawsze kolorował ukrywających się wesołymi kolorami.

Terroryści i bojownicy wolności z całego świata zaczęli zdawać sobie sprawę, że nie warto się ukrywać. Niektórzy z nich z rozpaczy i pomieszania sami kolorowali się na wesołe kolory. A w ogóle to większość ludzi straciła wiarę w możliwość umknięcia losowi, jaki im przeznaczono, i świat stał się miejscem dość przygnębiającym. Także sam Dani nie był specjalnie szczęśliwy. Proces szukania i kolorowania już go nie interesował i kontynuował go tylko siłą przyzwyczajenia. Poza tym nie miał miejsca na magazynowanie siedmiuset dwudziestu ośmiu egzemplarzy encyklopedii *Pejzaże ojczyste*. Tylko kolory zostały wesołe.

Nikt nie rozumie kwantów

W wieczór Jom Kipur poszły kwanty do Einsteina prosić o wybaczenie.

- Nie ma mnie w domu - krzyknął im Einstein zza zaryglowanych drzwi.

Kiedy wracały do domu, ludzie z okien wykrzykiwali do nich różne wyzwiska, a ktoś nawet rzucił w nie puszką. Kwanty zachowywały się, jakby ich to w ogóle nie ruszało, ale w głębi serca czuły się ogromnie urażone. Nikt nie rozumie kwantów, wszyscy ich nienawidzą.

- Parazyty pieprzone - krzyczą do nich, kiedy przechodzą ulicą - idźcie do wojska.

- A właśnie że chciałyśmy służyć - próbowały bronić się kwanty - tylko wojsko nie chce nas powołać, bo jesteśmy takie małe.

Nie żeby ktoś wsłuchiwał się w ich argumenty. Nikt nie słucha kwantów, kiedy chcą się bronić, ale jeśli powiedzą coś takiego, co można zinterpretować negatywnie, ooo, wtedy nagle wszyscy słyszą każde słowo. Kwanty mogą powiedzieć skromne zdanie w rodzaju: „O, proszę, kot!" - i od razu w wiadomościach mówią, że to prowokacja i biegną zrobić wywiad ze Schroedingerem. W ogóle najbardziej nienawidzą kwantów środki masowego przekazu, bo raz na konferencji zorganizowanej przez redakcję „Myśli" powiedziały, że zdający sprawozdanie obserwator wpływa na wydarzenie i wszyscy dziennikarze uznali, że mówią o reportażach z intifady, i orzekli, że to zdanie prowokacyjne, które może podburzyć masy. Kwanty mogą do jutra gadać, że nie miały takiego zamiaru i nie mają żadnych przekonań politycznych, nikt w ogóle im nie uwierzy. Wszyscy wiedzą, że są przyjaciółmi Juwala Neemana, sławnego fizyka i polityka prawicy.

Mnóstwo ludzi myśli, że kwanty są bezduszne i wyprane z uczuć, ale to wcale nieprawda. W piątek, kiedy pokazali program o bombie w Hiroszimie, widzieliśmy je później w studiu w Jerozolimie. Ciężko im było w ogóle mówić. Po prostu siedziały przed otwartym mikrofonem i płakały, a wszyscy telewidzowie po domach, nieznający dobrze kwantów, wcale nie zrozumieli, że kwanty płaczą, tylko najzwyczajniej myśleli, że one się wykręcają od odpowiedzi. Smutne jest w całej tej historii to, że nawet gdyby kwanty napisały dziesiątki listów do wszystkich redakcji pism naukowych na świecie i udowodniły z nieodpartą jaskrawością i niezbicie, że w całej historii z bombą atomową po prostu wykorzystano ich naiwność i że w życiu nie myślały, że to się tak skończy, nic im nie pomoże, bo nikt nie rozumie kwantów. Fizycy przede wszystkim.

Alicja

Na moje osiemnaste urodziny brat zabrał mnie na kurwy.

- Jeśli nie zrobisz czegoś dla siebie - powiedział - całe życie będziesz prawiczkiem.

Wzięliśmy samochód ojca i pojechaliśmy na plażę kurew. Przez całą drogę śpiewał świńskie piosenki i dawał mi rady, biorące się z doświadczenia. On jest nawet brzydszy ode mnie - mój brat. Całą twarz ma tłustą i pełną białawych czubków krost. Nie zawsze ma choćby jedną krostę zagojoną. Powiedział, że również jego pierwszy raz był z kurwą. Dzień przed pójściem do wojska pojechał na plażę kurew z paroma chłopakami, uznał, że nie ma co się szczypać.

- Po jednym pierdoleniu świat wyda ci się nagle inny - powiedział i radośnie wyprzedził ciężarówkę ze śmieciami. - Popatrz na mój przykład - uśmiechnął się do swojego również uśmiechniętego oblicza w lewym lusterku samochodu i zdrapał palcem kawałek łupinki od orzecha, co przykleiła mu się do przedniego zęba - patrz na mój przykład...

Brat zatrzymał się przy plaży i dał mi trzysta szekli („To kosztuje mniej, ale żebyś miał w kieszeni dla pewności"). Kondom. I kilka rad z ostatniej chwili, a potem kazał mi je jeszcze powtórzyć, żeby być pewnym, że wszystkich wysłuchałem. Kiedy wysiadłem z samochodu, nogi mi się trzęsły, ale jakoś udało mi się zejść po zboczu prowadzącym na plażę. Piasek na plaży zdawał się taki głęboki pod nogami, bałem się, że nie będę miał dość siły, żeby je z niego wyciągnąć, dość siły nie miałem nawet, żeby spróbować. Utkwiłem tak, uwięziony. Morze zabrzmiało nagle takie wściekłe i wzburzone, bałem się, że mnie pochłonie.

- Masz ogień? - usłyszałem słaby głosik koło siebie. Spróbowałem się obrócić w jego stronę, ale moje galaretowate nogi zdradziły mnie i przewróciłem się w piach.

- Nic ci nie jest? - zapytał znowu głos i pulchna ręka otoczona brzęczącymi bransoletkami pomogła mi wstać. Ręka pomogła mi otrzepać piach z ubrania. A mnie było strasznie nieprzyjemnie, bo stał mi przez cały czas i bałem się, że poczuła. W końcu udało mi się podnieść wzrok i spojrzeć na nią. Miała ładną twarz ta moja kurwa, pulchną, ale bardzo ładną.

- Przykro mi - powiedziałem - nie mam ognia, nie palę.

- Ach, w porządku - zaśmiała się - ja też nie, robię to, żeby przełamać pierwsze lody.

Podeszła jeszcze krok i wyprostowała mi kołnierzyk od koszuli.

Brat tłumaczył mi, że kurwy zawsze chcą, żeby szybko kończyć, bo czekają na następnego klienta, ale ona wcale się tak nie zachowywała i kiedy wszystko się skończyło, dalej mnie przytulała i mówiła do mnie, jakby się nigdzie nie spieszyła i jakbym był jedyny na świecie. Alicja opowiedziała mi trochę o swoich rodzicach. Jej ojciec był marynarzem, a matka zajmowała się domem. Ojciec zawsze szpanował, że jego ojciec był kapitanem słynnego statku, który zatonął w morzu, ale nikt w porcie mu nie wierzył. Alicja akurat tak, bo w ich rodzinie jest tradycja zakręconych mężczyzn. Była strasznie miła i zaproponowała mi, żebyśmy zostali tam, leżąc razem, i poczekali na zachód słońca. Opowiadała, że zachody na tej plaży to najpiękniejsza rzecz na świecie. Ale nagle poderwał mnie z miejsca klakson samochodu.

– To na pewno mój brat – wymamrotałem – czeka na mnie.

Nagle przypomniałem sobie wszystko, co brat powiedział, jak na przykład, żeby założyć... Otworzyłem spoconą prawą dłoń, na której leżał kondom, w zamkniętym opakowaniu.

– Uspokój się – szepnęła Alicja – nic się nie stanie. Biorę pigułki.

Wyciągnęła dwa nowe banknoty stuszeklowe ze swojej zużytej skórzanej portmonetki.

– Byłeś wspaniały – wetknęła je w moją spoconą dłoń – biegnij do niego, niech się nie niepokoi.

Pocałowałem ją i obiecałem przyjść także w przyszłym tygodniu. Kiedy dotarłem na górę zbocza, odwróciłem się do niej i pomachaliśmy sobie na pożegnanie. Ona widocznie postanowiła poczekać na zachód słońca. Kilkadziesiąt metrów ode mnie, na szczycie pagórka ze zbitego piachu siedział zając, nie wiem, co trzymał w pysku, z daleka wyglądało to jak cygaro. „Byłeś świetny", mrugnął do mnie, a ja spuchłem z dumy. Pospieszyłem do samochodu, brat siedział za kierownicą i pogwizdywał. Kiedy mnie zauważył, wyszedł i podbiegł naprzeciw.

– Ile czasu ci zabrało! – powiedział. – Już się martwiłem. No, pierdoliłeś?

Alicja twierdzi, że mówienie „pierdolić" jest nieładne, trzeba powiedzieć „pierdolić się", bo to coś, co robi się z kimś, a nie komuś. Kiwnąłem głową, że tak.

– Mężczyzna! – Trzepnął mnie po ramieniu i uroczyście otworzył mi drzwi po stronie kierowcy. – Od dzisiaj już nikt nie może nazwać cię dzieckiem.

A ja zawiozłem nas obu do domu. W radiu był wywiad z jednym człowiekiem, co przepłynął motylkiem kanał La Manche, żeby zdobyć pieniądze na krzewienie pokoju na świecie. I pomyślałem sobie, jak bardzo mój brat miał rację i że po jednym pierdoleniu świat wygląda nagle inaczej.

Urodzinowe torebki

Cała klasa czekała na urodziny Naimy. Jej przyjęcie urodzinowe było zawsze strasznie wyjątkowe. Dwa lata temu odbyło się w Parku Narodowym i bawiliśmy się w „Szukanie skarbu" na rowerach wodnych, a rok temu zrobili je w Skytland i człowiek, który jest także przyjacielem jej ojca, śpiewał piosenki i rozdawał wszystkim autografy. Ojciec Naimy jest strasznie ważną osobistością, zawsze wspaniale ubrany i w krawacie, i chodzi z teczką James Bond. Rafi powiedział, że jest jak premier albo poseł do Knesetu, ale to niemożliwe, bo wygląda na młodego, a w Knesecie trzeba być starym. On jest strasznie sympatyczny, ten ojciec Naimy, zawsze ma taki wielki uśmiech na twarzy i też jest blondynem, i zawsze opowiada dowcipy albo przerażające historie. Naima powiedziała mi kiedyś w tajemnicy, że jej ojciec dużo lata za granicę, ale nie do takich sobie zwykłych krajów jak Francja czy Londyn. Do tajemniczych krajów o nazwach jak Kolumbia i Botofo...coś-tam. I że robi tam ważne rzeczy i płacą mu miliony pieniędzy, a wszyscy jego przyjaciele z pracy mówią śmiesznymi językami i przywożą Naimie mnóstwo prezentów. Mój tata w ogóle nie jest tajemniczy. Ma sklep z butami na Herzel. A jego przyjaciele mówią po hebrajsku i nigdy mi nie przynoszą prezentów. Tylko klepią mnie w ramię, aż boli, i mówią, że już jestem mężczyzną, albo pytają, jak tam w szkole - takie głupoty.

Urodziny Naimy w tym roku były u niej w domu. Naima ma dom naprawdę super, trzy piętra i basen ze zjeżdżalnią do wody i specjalną bramę dla samochodu, taką, co się otwiera z daleka pilotem. Tata Naimy był naprawdę fajny i dał nam otwierać i zamykać bramę. A kiedy Juwal i Miron wepchnęli kujona Elada do wody, a on wyszedł z basenu taki mokry, śmiał się ze wszystkimi i nie zawracał nam głowy, jak mój ojciec, który zawsze mówi, że nie wolno szaleć. A potem powiedział ich finipińskiej służącej, żeby poczęstunek wyniosła do ogrodu, bo jest słońce, i przyszło też dwóch błaznów, którzy robili śmieszne rzeczy, i zorganizowaliśmy konkursy. Naima powiedziała mi w tajemnicy, że później przyjdzie Miki Berkowicz i może też Dalik z telewizji, który zna jej ojca jeszcze z liceum. A Finipinka przyniosła wielki-wielgachny tort urodzinowy z zimnymi ogniami. Naima zabrała mnie w tajemnicy i pokazała mi dom. Mają trzy ubikacje, każda wielkości naszej łazienki. A obok każdej taka mała fontanna, którą możesz uruchomić i popatrzeć sobie, żeby nie było nudno, jak się robi kupę.

W drodze powrotnej do ogrodu zobaczyłem dwóch ludzi w drzwiach i jak tata Naimy z nimi rozmawia, trzymając papierosa w ustach, i wygląda na takiego chorego i smutnego.

– Jeśli możecie poczekać, tylko dziesięć minut, córka ma urodziny. Tylko powiem dzieciom, że przyjęcie kończy się wcześniej... Nie chciałbym jej popsuć tego dnia.

Ci w drzwiach pokiwali głowami na tak, a grubszy powiedział:

– OK. Zaczniemy za dziesięć minut, tymczasem zaczekamy w aucie.

Przekradliśmy się z Naimą z powrotem do ogrodu. Elad był jeszcze bardziej mokry niż przedtem, bo Miron jeszcze raz wrzucił go do wody. Tort prawie się skończył, zostały tylko okruchy. Przyszedł tata Naimy, na czole miał krople potu, ale poza tym wyglądał lepiej niż wcześniej i znowu się śmiał. A potem przyszła Finipinka z tacą, a na niej mnóstwo urodzinowych torebek na prezenty, takich z narysowanym Popeye. Na początku nie chcieliśmy brać, bo urodzinowe torebki to dla małych dzieci. Ale tata Naimy powiedział, że to nie są zwykłe torebki i że w środku są specjalne czary, które przywiózł z zagranicy. Co trzeba zrobić, to zabrać torebki do domu bez otwierania, na noc włożyć pod poduszkę i pomyśleć o prezencie, jaki by się chciało, a jutro rano trzeba zamknięte torebki przynieść z powrotem i powiedzieć tacie Naimy, o jakim prezencie kto myślał. Tata Naimy zaniesie te torebki do swojego prywatnego czarodzieja, żeby z każdej wyjął prezent. A w następną sobotę przyjdziemy wszyscy do nich do domu i na każdego będzie czekał jego prezent. Wszyscy rzuciliśmy się na torebki, a każdemu, kto dostał, tata Naimy przypominał, że nie wolno do niej zaglądać ani pokazywać, bo inaczej czary uciekną.

Kiedy wyszliśmy z domu Naimy, ukłoniłem się grzecznie ludziom w aucie, którzy zgodzili się poczekać dziesięć minut, żebyśmy mogli dostać prezenty. Miron chciał im rzucić w samochód woreczkiem z wodą, który sobie napełnił wcześniej u Naimy w domu, ale Miki przekonał go, że nie warto. No to zamiast tego Miron wylał wodę z woreczka na Elada. Elad powiedział, że to wszystko głupstwa, nie ma naprawdę czegoś takiego jak czary i że on otwiera torebkę teraz i koniec, i zobaczy się, co jest w środku. Miron wyrwał mu torebkę z ręki i powiedział, że jeżeli Elad chce zmarnować czary, to on ją weźmie i w ten sposób będzie miał dwa prezenty. Elad się rozpłakał i poprosił o oddanie torebki, a Miron go walnął i powiedział, że jak Elad doniesie rodzicom albo coś, to naprawdę oberwie. W nocy położę torebkę pod poduszkę i będzie mi się śnić skyboard z deską Alba, i nawet jeśli nie ma czarów, dostanę go w prezencie, bo Naima powiedziała mi w tajemnicy, że na jej tatę zawsze można liczyć.

Katzenstein

W piekle wsadzili mnie do kotła z wrzątkiem. Poparzone ciało paliło mnie, skóra pokryła się bąblami, nie mogłem przestać krzyczeć z bólu. Zawieszono tam gigantyczne monitory telewizyjne, na których można było widzieć wszystko, co dzieje się w raju. Cierpieć i zazdrościć, patrzeć i wić się w mękach. Myślę, że przez chwilę widziałem go tam, grającego w golfa, krykieta czy coś takiego. Było takie jakby zbliżenie na jego uśmiech i zaraz potem inne ujęcie, pary uprawiającej miłość.

Któregoś razu, jak już skończyliśmy się kochać, żona powiedziała mi:

– Siedem lat już u nich jesteś, oddajesz im serce i duszę, przynosisz robotę do domu, a teraz, kiedy przychodzi godzina prawdy, oni nie chcą ci dać stałej pracy. A wiesz dlaczego? Bo nie potrafisz się sprzedać. Spójrz na przykład na Katzensteina.

Spojrzałem na przykład na Katzensteina. Przez całe życie patrzę na przykład na Katzensteina. Poszedłem się umyć, ale nie było ciepłej wody. Bojler się popsuł. Umyłem się w zimnej wodzie. Katzenstein na pewno ma kolektor słoneczny.

W liceum nie przyjęli mnie do klasy matematyczno-przyrodniczej. Moja matka zrobiła z tego całą historię. W kółko płakała i mówiła, że nic ze mnie nie będzie. Próbowałem jej wytłumaczyć, że trudno się dostać do tej klasy, że tylko dziesięciu procentom się udało, tylko najlepszym.

– Spotkałam dzisiaj w sklepie Miriam Katzenstein – powiedziała płaczliwym głosem – jej syn się dostał. Syn Miriam Katzenstein jest mądrzejszy od mojego syna? W życiu. On tylko bardziej się stara. A ty chyba specjalnie mi to robisz. W piekło cierpienia mnie wtrącasz.

Gdziekolwiek bym poszedł, on zawsze tam był, żeby można mnie było z nim porównać – w klasie, na osiedlu, na boisku, w pracy, wszędzie. Katzenstein, Katzenstein, Katzenstein, Katzenstein. Nie żeby był jakiś fenomenalnie zdolny czy coś. Przeciętny chłopak, wcale nie geniusz. Ani szczególnie przebiegły, ani jakiś wyjątkowy siłacz. Dokładnie taki jak ja, tylko ociupinę lepiej mu się udawało. Ociupina, i jeszcze ociupina, i jeszcze ociupina... piekło.

Z pracy zwolniłem się na własną prośbę. Kosztowało mnie to wiele kłótni z żoną, ale w końcu się z tym pogodziła. Przenieśliśmy się do innego, odległego miasta. Pracowałem tam jako agent ubezpieczeniowy. Powodziło mi się nie najgorzej. Nie widziałem go jakieś siedem lat. Było mi dobrze, urodziło nam się dziecko. Tymczasem w Szwajcarii zmarł mój dziadek i zostawił mi spory majątek. W czasie lotu powrotnego z Bazylei zobaczyłem go siedzącego w business class. Kiedy go rozpoznałem, było już za późno. Samolot zaczął się rozpędzać na pasie. Wiedziałem, że czeka mnie pięć i pół wyjątkowo długich godzin.

Niedaleko mnie siedział jakiś rabin, który nie przestawał mówić. Ale ja nie słyszałem ani słowa. Przez okrągłych pięć godzin miałem wzrok utkwiony w jego kark.

- Spójrz na swoje nędzne życie. Jesteś człowiekiem pustym, pozbawionym wartości - krytykował mnie rabin, z uporem cytując mi Pismo.

Wypiłem sok pomarańczowy, a Katzenstein zamówił jacka danielsa.

- Zobacz na przykład... - powiedział rabin.

Nie chcę. Podniosłem się z miejsca i pobiegłem na koniec samolotu. Stewardesa poprosiła mnie o powrót na miejsce. Odmówiłem.

- Proszę pana, za kilka minut będziemy lądować. Stanowczo proszę, żeby pan wrócił na swoje miejsce i zapiął pas bezpieczeństwa dokładnie tak... - wprawdzie powiedziała w końcu - ...jak pozostali pasażerowie - ale w jej oczach widziałem Katzensteina. Przekręciłem klamkę u drzwi samolotu i popchnąłem je z całej siły ramieniem. Spokojny dałem się wessać na zewnątrz, piekło zostawiając za sobą.

Na tamtym świecie samobójstwo nadal uważane jest za ciężki grzech i nie pomogły żadne błagania. Wleczony do świata podziemi, zobaczyłem, jak Katzenstein i pozostali pasażerowie samolotu machają mi na pożegnanie z okien mikrobusu uwożącego ich do raju. Samolot roztrzaskał się w trakcie lądowania jakiś kwadrans po moim skoku, rzadka awaria, przypadek jeden na milion. Gdybym tylko miał ociupinę cierpliwości, żeby wysiedzieć na dupie kilka minut, jak wszyscy pozostali pasażerowie, jak Katzenstein.

Nic

A ona kochała faceta, który był zrobiony z niczego. Kilka godzin go nie widziała i już zamieniała się cała w jedną wielką tęsknotę, siedziała w biurze z zastygłego polietylenu i betonu i myślała o nim. I za każdym razem, kiedy w tym swoim parterowym biurze gotowała wodę na kawę, pozwalała parze owiewać sobie twarz i wyobrażała sobie, że to on głaszcze ją po policzku. Z przymkniętymi oczami czekała, aż minie dzień, żeby móc znów wejść po schodach do mieszkania, przekręcić klucz w zamku i odnaleźć go czekającego na nią cicho, nagiego wśród pościeli jej pustego łóżka.

Nie było na świecie rzeczy, która mogła ją uczynić bardziej szczęśliwą niż kochanie się z nim każdej nocy, ponowne smakowanie jego zdania o niczym, odczuwanie dreszczu nie do opanowania, który go przenika, i pustki rozdzierającej jego ciało. Nie był jej pierwszym mężczyzną, wielu przed nim pociło się i stękało w jej łóżku, zadając ból uściskami, mięsiste języki wpychając w jej usta i gardło, dusząc niemal. Mężczyźni różni i z rozmaitego tworzywa: z krwi i kości, ze strachów, z kart kredytowych tatusiów, ze zdrad i pożądania innej... Ale to było kiedyś, teraz ma jego. Czasami, gdy skończyli się kochać, wychodzili na spacer po pełnych nocnej wilgoci ulicach. Przytuleni, dwoje pod jedną peleryną, pełni pogardy dla deszczy i wichrów, jakby zaszczepieni przeciw ich smaganiom. On ignorował uwagi otoczenia, ona udawała, że nie słyszy. I wszystko, co wiedziała, to że jej rodzice nie byli zadowoleni z tej miłości, choć to ukrywali. Kiedyś nawet usłyszała ojca pocieszającego szeptem matkę: „Lepiej tak, niż gdyby chodziła z Arabem czy jakimś narkomanem". Byliby zadowoleni, i to jak, gdyby zamiast niego chodziła z zaradnym lekarzem lub młodym adwokatem. Rodzice mają skłonność do szukania w córkach racji dla poczucia własnej wartości, a trudno to znaleźć w facecie zrobionym z niczego. Nawet jeśli ten facet czyni ich córkę szczęśliwą i nadaje jej życiu sens, bardziej niż jakikolwiek mężczyzna, który mógłby to zrobić materialnie.

Mogli spędzać razem całe godziny, nie mówiąc ani słowa, leżąc nago w łóżku, nie kochając się i nie zmieniając pozycji. A gdy budzik popędzał ją już do wstawania, wolała zrezygnować z porannej kawy, z umycia twarzy, uczesania włosów, żeby tylko zyskać jeszcze parę chwil z nim. I przez całą drogę - schody, przystanek autobusu - do pracy czekała na moment, kiedy do niego wróci, kiedy przekręci klucz w drzwiach, a on tam będzie. Żadna wątpliwość czy podejrzenie jej nie zagrażały. Była pewna ich miłości. Ona, która przebolała już wiele rozczarowań, wiedziała, że ta miłość nigdy jej nie zdradzi. Co w końcu może ją rozczarować, gdy otworzy drzwi? Puste mieszkanie? Sterylna cisza? Brak czegokolwiek w zmiętej pościeli łóżka?

Rury

Kiedy przeszedłem do szóstej klasy, pojawił się u nas w szkole psycholog i zrobił nam testy kwalifikacyjne. Pokazał mi jeden po drugim dwadzieścia różnych obrazków i zapytał, co w nich jest nie w porządku. Wszystkie wydawały mi się zupełnie w porządku, ale on się uparł i pokazał jeszcze raz pierwszy obrazek z chłopcem.

– Co na obrazku jest nie w porządku – zapytał zmęczonym głosem.

Odpowiedziałem, że obrazek jest zupełnie w porządku. Strasznie się zirytował.

– Nie widzisz – powiedział – że chłopiec na obrazku nie ma uszu?

Rzeczywiście, teraz, kiedy jeszcze raz się przyjrzałem, zobaczyłem, że chłopiec naprawdę nie ma uszu, ale sam obrazek nadal wydawał mi się zupełnie w porządku. Psycholog określił mnie jako „cierpiącego na poważne zaburzenia percepcji" i skierował do technikum stolarskiego. W technikum okazało się, że mam alergię na pył drzewny i przeniosłem się na ślusarstwo. W zawodzie byłem całkiem niezły, ale nie sprawiało mi to przyjemności. Prawdę mówiąc, właściwie nic nie sprawiało mi specjalnej przyjemności. Kiedy skończyłem naukę, zacząłem pracę w zakładzie produkującym rury. Moim kierownikiem był inżynier z politechniki. Facet niesamowicie błyskotliwy. Gdyby mu pokazać obrazek z chłopcem bez uszu, połapałby się raz-dwa.

Po godzinach pracy zostawałem w zakładzie i budowałem sobie całe systemy giętych rurek, które wyglądały jak pozwijane węże, i przetaczałem przez nie szklane kulki. Wiem, że to brzmi idiotycznie i nawet specjalnie mnie to nie bawiło, ale mimo wszystko nadal się tym zajmowałem.

Pewnego wieczora złożyłem rurkę cholernie skomplikowaną, z mnóstwem zagięć i zakrętów i kiedy wturlałem w nią kulkę - kulka nie wypadła z drugiej strony. Początkowo myślałem, że utknęła gdzieś po drodze, ale kiedy przetoczyłem jeszcze ze dwadzieścia kulek, zrozumiałem, że one po prostu znikają. Wiem, że to wszystko, co mówię, brzmi trochę głupio, każdy przecież wie, że szklane kulki nie znikają, ale kiedy przyglądałem się im, jak wsadzane do rury z jednej strony nie wychodzą z drugiej - nie wydawało mi się to nawet dziwne, to po prostu wyglądało zupełnie w porządku. Postanowiłem więc zbudować sobie dużą rurę, dokładnie według tego samego wzoru, i przeczołgać się przez nią, aż zniknę. Kiedy myślałem nad tym pomysłem, byłem taki zadowolony, że zacząłem się śmiać. Chyba śmiałem się po raz pierwszy w życiu.

Od tego dnia zacząłem pracę nad olbrzymią rurą, pracowałem nad nią każdego wieczora, a rano ukrywałem części w magazynie. Dwadzieścia dni zabrała mi ta budowa, a ostatniej nocy przez pięć godzin składałem ją z części i zajęła chyba z pół hali.

Kiedy patrzyłem na nią, doskonałą i czekającą na mnie, przypomniałem sobie nauczycielkę socjologii, która powiedziała kiedyś, że pierwszy człowiek, który użył maczugi, nie był wcale najsilniejszym czy najmądrzejszym ze swojego plemienia - tacy nie potrzebowali maczug. Po prostu potrzebował jej bardziej niż inni, żeby przeżyć i ukryć swoją słabość. Nie sądzę, żeby był na świecie człowiek, który chciałby zniknąć bardziej ode mnie, i dlatego wynalazłem tę rurę. A nie jestem genialnym inżynierem, jak ten z politechniki, który kieruje naszym zakładem.

Zdecydowałem się przeczołgać przez rurę, chociaż nie wiedziałem, co mnie czeka po drugiej stronie. Może będą tam dzieci bez uszu, siedzące na stertach szklanych kulek, może... Nie wiem, co się dokładnie stało, kiedy przeszedłem przez określony punkt w rurze, wiem tylko, że teraz jestem tutaj.

Myślę, że teraz jestem aniołem, to znaczy, że mam skrzydła i takie kółko nad głową i są tu jeszcze setki takich jak ja. Kiedy tu dotarłem, siedzieli i grali w szklane kulki, które przeturlałem przez rurkę kilka tygodni temu.

Zawsze myślałem, że raj to takie miejsce dla ludzi, którzy byli dobrzy przez całe swoje życie, ale to wcale nie tak. Bóg jest zbyt łaskawy i miłosierny, żeby urządzić to w ten sposób. Raj to po prostu miejsce dla tych, co nie potrafili być szczęśliwi na Ziemi. Wytłumaczono mi tutaj, że samobójcy wracają z powrotem na Ziemię i przeżywają życie od nowa, brak zadowolenia w pierwszym wcieleniu nie oznacza bowiem, że nie znajdą swojego miejsca w następnym. Natomiast ci naprawdę niepasujący do świata znajdują drogę tutaj, każdy ma swoją własną drogę do raju.

Są lotnicy, którzy żeby tu dotrzeć, wykonali pętlę w dokładnie określonym punkcie Trójkąta Bermudzkiego. Są gospodynie domowe, co przeszły przez tylne ścianki swoich szafek kuchennych, żeby się tu znaleźć, i matematycy, którzy wyszukali w przestrzeni topologiczną anomalię i przez nią tu przepełźli. Więc jeśli naprawdę nie jesteś tam na dole szczęśliwy i różni ludzie mówią ci, że cierpisz na poważne zaburzenia percepcji, poszukaj swojej drogi, a jak ją znajdziesz - weź ze sobą karty, bo kulki już nam dość obrzydły.

Szalony klej

Powiedziała mi:

– Nie dotykaj tego!

A ja spytałem:

– Co to?

– Klej – odpowiedziała. – Klej wyjątkowy, superklej.

A ja zapytałem:

– Po co to kupiłaś?

– Bo mi jest potrzebny – stwierdziła. – Mam mnóstwo rzeczy do przyklejenia.

– Nie ma nic do przyklejenia – zdenerwowałem się. – Nie rozumiem, po co kupujesz te wszystkie głupstwa.

– Po to samo, po co się ze mną ożeniłeś – rzuciła gniewnie. – Dla zabicia czasu.

Nie chciałem się kłócić, więc zmilczałem. Ona też się nie odezwała.

– I dobry ten klej? – zapytałem.

Pokazała mi obrazek na opakowaniu, przedstawiający kogoś wiszącego do góry nogami u sufitu, po tym jak posmarowano mu klejem podeszwy butów.

– Nie ma żadnego kleju, który mógłby utrzymać kogoś w tej pozycji – powiedziałem. – Sfotografowano to do góry nogami, a on tak naprawdę stoi na podłodze. Po prostu ustawiono żyrandol na podłodze, żeby wyglądała jak sufit. Od razu można to poznać po oknie w pokoju, uchwyt żaluzji jest odwrotnie, widzisz? – wskazałem okno na fotografii. Nie spojrzała. – Już ósma – powiedziałem - muszę lecieć. - Podniosłem teczkę i pocałowałem ją w policzek. - Wrócę dzisiaj późno, bo...

- Wiem - przerwała - nadgodziny.

Z biura zadzwoniłem do Michal.

- Nie mogę dzisiaj przyjść, muszę wcześnie wrócić do domu.

- Dlaczego - spytała Michal. - Stało się coś?

- Nie... a właściwie tak. Myślę, że coś podejrzewa.

Zapadła długa cisza. Mogłem usłyszeć oddech po drugiej stronie słuchawki.

- Nie rozumiem, dlaczego ty z nią jesteś - wyszeptała w końcu. - Nic razem nie robicie, nawet się już nie kłócicie. Nie rozumiem, co sprawia, że jeszcze to ciągniecie, po prostu nie jestem w stanie pojąć, co was razem trzyma. Ja tego nie rozumiem - powtórzyła - po prostu nie rozumiem... - i zaczęła płakać.

- Nie płacz, Michal - powiedziałem. - Słuchaj - skłamałem - właśnie ktoś wszedł, muszę kończyć. Przyjdę jutro, obiecuję, to porozmawiamy.

Wróciłem do domu wcześnie. Powiedziałem „cześć", ale nikt mi nie odpowiedział. Przechodziłem z pokoju do pokoju, ale w żadnym jej nie było. Na stole w kuchni znalazłem tubkę po kleju, zupełnie pustą. Spróbowałem odsunąć krzesło, żeby usiąść. Nie chciało się ruszyć. Spróbowałem ponownie. Ani o milimetr. Przykleiła je do podłogi. Lodówka nie dała się otworzyć, ją też skleiła. Nie rozumiem, po co ona robi te wszystkie głupstwa, zawsze była w porządku, nie wiem, co jej się stało. Podszedłem do telefonu w salonie. Może poszła do swojej matki. Słuchawka nie dała się podnieść, też przyklejona. Kopnąłem z wściekłością stolik pod telefonem i prawie zwichnąłem sobie nogę. Stolik nawet nie drgnął. I wtedy usłyszałem, jak się śmieje. Śmiech dobiegał skądś nade mną. Podniosłem głowę i ona była tam wysoko, wisiała głową w dół, bosymi stopami przytwierdzona do sufitu salonu. Patrzyłem na nią osłupiały.

– Zwariowałaś? – spytałem.

Nie odpowiedziała, uśmiechała się tylko. Jej uśmiech wyglądał tak naturalnie, kiedy wisiała odwrócona, jakby wargi rozciągały się bez wysiłku, za sprawą samej tylko siły ciążenia.

– Nie martw się, zdejmę cię – powiedziałem i zgarnąłem książki z półki. Ułożyłem kilka tomów encyklopedii jeden na drugim i wspiąłem się po nich.

– To może trochę zaboleć – uprzedziłem, próbując utrzymać równowagę na szczycie tej sterty. Nadal się uśmiechała. Pociągnąłem z całej siły, ale bez skutku. Zszedłem ostrożnie ze sterty.

– Czekaj – powiedziałem – pójdę do sąsiadów zadzwonić po pomoc.

– W porządku – zaśmiała się – nigdzie się nie wybieram.

Też się zaśmiałem. Była taka ładna i taka nielogiczna, zwieszona tak z sufitu. Długie włosy spływające w dół, piersi jak dwie krople wody kapiące spod białej trykotowej bluzki. Taka ładna. Wspiąłem się na stertę książek i pocałowałem ją. Poczułem jej język na moim, odepchnięte spod nóg książki, siebie samego szybującego w powietrzu, zawieszonego tylko na jej wargach.

Spis treści

Przekład: Agnieszka Maciejowska
Redakcja: Agnieszka Rabińska
Korekta: Jadwiga Piller, Anna Hegman, Artur Kaniewski

Projekt okładki i stron tytułowych: Przemek Dębowski,
Wojtek Kwiecień-Janikowski
Fotografia autora: Yanai Jechiel

Skład i łamanie: Tekst – Małgorzata Krzywicka
Druk i oprawa: Interdruk, Warszawa
Książkę wydrukowano na papierze Creamy 80 g/m², vol. 2.0,
dostarczonym przez zing

Grupa Wydawnicza Foksal Sp. z o.o.
00-372 Warszawa, ul. Foksal 17
tel./faks (22) 646 05 10, 828 98 08
biuro@gwfoksal.pl
www.gwfoksal.pl

ISBN 978-83-280-2753-4